AF284029

Brigitte van Hattem

Lebenslänglich

Kriminelle Kurzgeschichten

Impressum

Bibliografische Information der Deutschen Nationalbibliothek:
Die Deutsche Nationalbibliothek verzeichnet diese
Publikation in der Deutschen Nationalbibliografie; de-
taillierte bibliografische Daten sind im Internet über
http://dnb.dnb.de abrufbar.

© 2021/2022 Brigitte van Hattem, c/o vHVerlag Kandel, Saarstr. 215 a, 76870 Kandel

Lektorat: K. Waldgott/vHVerlag Kandel
Korrektorat: K. Waldgott/vHVerlag Kandel
Cover: Heike Falkenstein Design, Karlsruhe

Herstellung und Verlag: BoD – Books on Demand,
Norderstedt
ISBN: 978-3753408866

Für meinen Kater Schorsch. Ihm hat das Buch gefallen, obwohl er darin vorkommt.

Inhaltsverzeichnis

SEIN ERSTER FALL

„Mert Tezcan hier. Man sagte mir, Sie hätten ein paar Fragen an mich?"

Polizeikommissaranwärter Conrad Köhler stutzte. Er hatte keine Ahnung, wer der Mann am Telefon war und er hatte auch keine Frage an ihn. Aber er war auch noch neu hier: Es war erst seine dritte Woche nach der Polizeischule und sein zweiter Tag bei der Schutzpolizei, wo er ein achtwöchiges Praktikum absolvieren sollte. Erst danach durfte er wieder zurück ins Nebengebäude, wo das Kriminalkommissariat untergebracht war. „Von der Pike auf lernen", hieß das früher und er fand, das machte durchaus Sinn. Aber mit diesem Anruf war er im Moment überfordert.

Dabei kam Conrad die Art, wie der Mann am Apparat das Gespräch eröffnet hatte, suspekt vor, daher kritzelte er „Met Teschan" auf den Zettelblock an seiner Schreibtischunterlage. „Der zuständige Kollege ist gerade nicht im Haus", behauptete Conrad dann aufs Geratewohl ohne zu wissen, wer der zuständige Kollege überhaupt sein sollte. „Kann er Sie zurückrufen?"

Keine Antwort. Mert Tezcan hatte bereits aufgelegt.

„Sagt dir der Name Met Teschan etwas?", fragte Conrad Polizeimeisterin Minnie Gantzmann, die ihm gegenüber saß und an einem Protokoll tippte.

„Nö", kam die desinteressierte Antwort. „Frag den Chef."

Gleich zum Dienststellenleiter zu gehen, fand Conrad übertrieben. Er riss den Zettel vom Block und steckte ihn in die Tasche. „Ich mach mal Pause", erklärte er Minnie und ging ins Nachbargebäude. Im Kriminalkommissariat kannte er schon ein paar Kollegen und Conrad hoffte, jemanden zu finden, der interessierter war als sie.

Gleichzeitig war er froh, dem Polizeirevier zu entkommen. Es war fast noch kleiner und muffiger, als er es aus seiner Kindheit in Erinnerung hatte. Der große kühle Neubau nebenan hingegen, in dem das Kommissariat untergebracht war, bestach mit großzügiger Weite. Conrad mochte das Gebäude, in dem er sich auch seine Zukunft als Kommissar vorstellte.

Doch von den Kollegen, mit denen er bereits näheren Kontakt hatte, war leider gerade niemand da und andere ansprechen mochte er nicht. Conrad wollte gerade wieder umkehren, als er sah, dass bei der Spurensicherung eine Tür nur angelehnt war. Er klopfte an und schaute hinein. Eine große Frau hantierte gerade mit ein paar Nummernschildern. Conrad zögerte.

Sophie Schuster war in Ordnung, das hatte er schon festgestellt. Allerdings schüchterte ihn die große, kräftige Frau ein. Statt also mit seiner Frage herauszuplatzen, versuchte er, sich ihr mit Small-Talk zu nähern.

„Irgendetwas Besonderes an diesen Dingern?", fragte er und wies mit dem Kinn auf die Nummernschilder.

„Schau selbst", antwortete Sophie kühl und drehte das oberste in seine Richtung, damit er es besser sehen konnte.

Sofort fühlte er sich wieder wie in einer Prüfungssituation und begann zu schwitzen. Seine Augen hasteten über den Schriftzug: M – WR – 367. TÜV Ende des Jahres. Nichts Verdächtiges. Doch dann fiel es ihm auf: Das Siegel der Zulassungsbehörde zeigte Baden-Württemberg an. „Offensichtlich gefälscht", sagte er daher, „wäre das Auto aus München, wäre es in Bayern zugelassen worden."

Sophie nickte grimmig und steckte das fragliche Kennzeichen in eine Tüte. „Wir prüfen noch, ob wir darauf Fingerabdrücke finden", erklärte sie. „Dazu müssen alle ins Labor."

Conrad nickte verstehend. „Bist du alleine heute?", fragte er freundlich.

„Ja!", bestätigte Sophie. „Die Kollegen sind zu einem Erhängten gefahren."

„Suizid oder Fremdeinwirkung?"

„Das werden sie hoffentlich herausfinden", murmelte Sophie und begann, auch die anderen Nummernschilder in Tüten zu stecken.

„Wieso bist du nicht auch draußen?", wollte Conrad wissen.

„Ich habe heute keinen Tatortdienst. Wenn sich morgen wieder einer erhängt, dann fahre ich raus", antwortete Sophie. Dann stutze sie, legte die Nummernschilder aus der Hand und sah den jungen Kollegen eindringlich an. „Was willst du?", fragte sie misstrauisch. „Bist du nicht gerade zum Praktikum drüben im Revier? Also was willst du hier? Plaudern? Ist dir bei der Schutzpolizei etwa langweilig?"

„N-nein", stotterte Köhler. „Ich ..."

„Oder willst du mit mir flirten?", lenkte Sophie ein und grinste.

Conrad Köhler schluckte. Sophie war zwanzig Jahre älter und viel größer und breiter als er. Ihm wäre nie in den Sinn gekommen ... Als er Sophie direkt ansah, erkannte er, dass sie ihn nur neckte. Conrad räusperte sich verlegen und lächelte schließlich ebenfalls. „Ich wollte nur fragen, ob jemandem der Name ..." Er hielt den Zettel hoch und las vor: „Met Teschan etwas sagt."

„Nein, sollte er?", fragte Sophie, noch immer grinsend.

„Ich weiß nicht", antwortete Köhler. „Da war so ein komischer Anruf."

„Ach, erzähl!" Sophies ernsthaftes Interesse war geweckt. Sie ließ sich von Köhler den kurzen Wortwechsel am Telefon erzählen. Dann nickte sie und meinte: „Wir wissen natürlich nicht, wie sich dieser Teschan wirklich schreibt. Bist du dir wenigstens beim Vornamen sicher?"

Köhler zuckte mit den Schultern. „Was ich halt so verstanden habe ..."

„Schon klar", winkte Sophie ab. „Such den Mann mal in der Datenbank. In allen Schreibweisen, die dir einfallen und mit allen arabisch-türkischen Vornamen, die so ähnlich klingen könnten. Vielleicht landest du ja einen Treffer. Ansonsten kann ich dir nur raten, bis zum Feierabend jeden nach diesem Met-Irgendwer zu fragen, der dir begegnet."

Noch während Köhler nickte wandte sich Sophie ab, um sich wieder ihren Nummernschildern zu widmen.

Köhler war linkisch und unsicher im Umgang mit den Kollegen, aber beharrlich und ehrgeizig bei der Arbeit. Für den Tipp mit den verschiedenen Namensschreibweisen war er dankbar. Er hatte einfach aufgeschrieben, was er gehört hatte. Wie konnte er nur eine Sekunde lang so dumm sein, anzunehmen, dass er die richtige Schreibweise erwischt hatte? War es überhaupt ein arabischer Name? Der Mann hatte akzentfreies Deutsch gesprochen. „Das will nichts heißen", dachte sich Köhler, als er zurück ins Polizeirevier ging. „Und manchmal ist eine erste Idee ja auch nicht gleich die schlechteste. Irgendwo muss ich ja anfangen."

Seine Beharrlichkeit hatte schneller Erfolg, als er dachte. Es dauerte noch nicht einmal eine Stunde, bis Conrad im System auf Mert Tezcan stieß, einen Deutsch-Türken, der bereits mehrfach wegen Körperverletzung vorbestraft war. „Wohnhaft Karlsbader Straße 293", murmelte Köhler, während er Namen und Adresse notierte. „Ich habe ihn!", platzte es schließlich stolz aus ihm heraus. Keine Reaktion. Conrad sah irritiert auf und bemerkte erst jetzt, dass er alleine war. Seine Kollegin Minnie war wohl grußlos gegangen.

Plötzlich schien sein ganz persönlicher Fahndungserfolg nichts mehr wert zu sein. Was sollte er jetzt mit diesem Namen anfangen? Vielleicht sollte er noch einmal ins Kommissariat hinüber gehen und Sophie fragen. Sie hatte ihm schließlich den Tipp gegeben, mit den Namensschreibweisen zu variieren.

„Ich habe ihn", wiederholte Köhler, als er bei Sophie im Zimmer stand. „Mert Tezcan, wohnt in der Oststadt. Die Telefonnummer passt. Was mache ich jetzt?"

Sophie kräuselte die Stirn. Sie wertete mittlerweile die Fotos aus, die sie bei einem Brand am Wochenende gemacht hatten und ließ sich ungern aus ihrer Konzentration reißen. Andererseits folgte ihr junger, angehender Kollege gerade seinem Bauchgefühl. Wenn er meinte, da wäre etwas faul, dann war das vielleicht auch so.

„Schick doch mal die Kollegen von der Streife hin. Sie sollen einfach mal nach dem Rechten sehen."

„Daran habe ich auch schon gedacht", begann Conrad zögernd und trat von einem Bein auf das andere.

Sophie sah auf und grinste. „Du bist ihnen nicht weisungsbefugt und der Dienststellenleiter ist nicht im Haus."

Conrad nickte.

„Du wirst lernen müssen, dich durchzusetzen. Fang am besten sofort damit an!", riet ihm die ältere Kollegin. „Wenn es nicht klappt, kann ich ja nachhelfen." Sie zwinkerte und drehte sich wieder ihren Brandbildern zu.

***

Es war nicht annähernd so schwer, wie Conrad es sich vorgestellt hatte. Zurück im Revier sah er im virtuellen Einsatztagebuch seines Rechners nach, welche Streife gerade keinen Einsatz hatte und setzte sich mit ihr per Funk in Verbindung. Er erreichte Werner Lambert und Sigmar Friedrichs

und bat sie, sich in der Karlsbader Straße 293 um-
zusehen, um einem Mert Tezcan unverbindlich
auf den Zahn zu fühlen. Die beiden Polizisten
schienen sich keine Sekunde lang zu fragen, ob
ihnen der Youngster am Telefon überhaupt etwas
zu sagen hätte, hakten auch nicht großartig nach,
als Conrad meinte, er hätte einfach nur so ein ko-
misches Gefühl, sondern versprachen, sich sofort
darum zu kümmern.

Tatsächlich fuhren sie gleich los, denn sie hatten
ohnehin nichts Besseres zu tun. Genauer gesagt
war ihnen bereits langweilig geworden. Es war
ein drückend heißer Sommertag, der Asphalt
dampfte und die Stadt war menschenleer. Die Polizisten schwitzten trotz voll aufgedrehter Klima-
analage. Ein wenig Abwechslung in Form eines
mysteriösen Auftrags in einem hoffentlich kühlen
Hausflur kam den beiden gerade sehr recht.

Die Karlsbader Straße 293 erwies sich als großes
Mehrfamilienhaus in der als Arbeitergegend be-
kannten Oststadt. Die rund zwanzig Klingelschil-
der waren unordentlich über- und untereinander
geklebt und teilweise kaum lesbar. Dennoch
konnten die Beamten im vierten Stockwerk den
Namen Tezcan ausmachen. Er war unter den Namen Voigt gekritzelt. Vermutlich hatte erst jemand namens Voigt hier gewohnt, bevor Mert Tezcan dazukommen war.

Sigmar – unter Freunden Siggi - war der ältere der beiden, ein großer, jovialer Mann mit rundem Gesicht und freundlichem Wesen. Sein Kollege Werner war vorsichtiger und ernsthafter als er, aber auch verschlossener und weniger umgänglich. Daher war es meist Siggi, der voranging, sich als erstes einen Überblick verschaffte und mit den Leuten redete. So auch dieses Mal. Er klingelte bei Voigt, doch niemand öffnete.

Geduldig klingelte er ein zweites und auch noch ein drittes Mal. Als sich noch immer nichts tat, sahen sich die beiden Beamten an, doch noch bevor sie ihre weiteren Schritte beratschlagen konnten, hörten sie eine Stimme von oben: „Da sind Sie ja endlich!", rief eine ältere, hagere Frau, die sich aus einem Balkon im Erdgeschoss lehnte. „Warten Sie, ich mache Ihnen auf!"

Die Frau verschwand vom Balkon und wenige Sekunden später wurde der Summer der Haustür gedrückt. Die beiden Polizisten traten in den Hausflur und sahen sich um. Eine Tür stand offen und die Frau vom Balkon winkte sie in die Wohnung.

„Sie haben uns anscheinend erwartet?", fragte Siggi verwundert.

„Natürlich! Ich hatte doch bei Ihnen angerufen!", erwiderte die Frau empört. Sie trug ein Sommerkleid, dem man ansah, dass sie es vermutlich vor über zwanzig Jahren einmal am Strand von

Antalya erstanden und das sie damals möglicherweise besser ausgefüllt hatte. Sie ging vor und führte die beiden Polizeibeamten in ihre Wohnung.

„Wieso haben Sie bei uns angerufen?", hakte Werner ruhig nach.

„Na, meine Freundin Lore ist spurlos verschwunden!" Die Frau konnte so viel Begriffsstutzigkeit gar nicht fassen.

„Lore wer?" Das war jetzt Siggi, der mit einem aufmunternden Lächeln versuchte, die Frau zu beruhigen.

„Lore Voigt. Schon mindestens sechs Wochen ist sie weg und ihr Freund behauptet, sie wäre in Urlaub. Als ob unsere Lore jemals verreist wäre, ohne uns Bescheid zu sagen oder uns eine Nachricht zu schicken!"

„Und da haben Sie bei uns angerufen?", fragte Siggi. „Die 112 oder ein Revier?"

„Revier Süd. Ein Revier Ost gibt es ja nicht", antwortete die Frau fast ein wenig vorwurfsvoll. Dann besann sie sich wieder ihrer Geschichte: „Wissen Sie, der Freund von der Lore ..." Die Frau senkte vertraulich die Stimme, nachdem sie das Wort „Freund" regelrecht ausgespuckt hatte: „... hält uns für doof, die Gabi und mich. Sagt, die Lore wäre in Urlaub nach Mallorca. Wir drei sind aber schon ewig befreundet, schon viel länger, als dieser Mert um die Lore herumschleicht. Und nach Malle wollte die Lore noch nie, da wäre es ja noch heißer als hier!" Die Frau sah die beiden Polizeibeamten triumphierend an, woraufhin Siggi ihr gutmütig zunickte. Werner hatte unterdessen einen Schreibblock aus der Tasche gezogen und machte sich Notizen.

„Ich habe ihn heute hier wieder im Haus herumstolzieren gesehen, diesen … diesen … Tezcan, so heißt er mit Nachnamen", fuhr die Frau fort, „da habe ich ihm gesagt, dass ich die Polizei angerufen habe und dass sie kommen und ihm Fragen stellen werden. Er hat gelacht und gesagt, die Lore interessiere doch keinen, und dann haben Sie sich ja tatsächlich stundenlang Zeit gelassen … Jetzt ist er wieder weg!"

Erneut sahen sich die beiden Beamten an. Die Geschichte der älteren Dame hörte sich glaubwürdig an, aber was das Telefonat mit dem Revier anbelangt, war anscheinend etwas gründlich schief gegangen. Doch das konnten sie später noch klären. Jetzt war es erst einmal wichtig, in die Wohnung zu kommen.

Werner hatte sich Notizen gemacht und notierte abschließend den Namen und die Adresse ihrer Zeugin: Rosi Winter, Karlsbader Straße 293, Erdgeschoss links. Sie bedankten sich bei Frau Winter und baten sie, in ihrer Wohnung zu bleiben, während sie nach oben gehen und ihr Glück noch einmal vor der Wohnungstür der Vermissten versuchen würden. Es war nicht ganz einfach, Frau Winter davon zu überzeugen, sie nicht auf ihrem Weg in den vierten Stock zu begleiten, doch wenn sie jetzt in die Wohnung von Frau Voigt kommen würden, konnten sie keine neugierige Nachbarin gebrauchen.

Vor der Wohnungstür „Voigt/Tezcan" klingelte Siggi noch einmal anstandshalber, dann klopfte er an die Tür. „Polizei, machen Sie auf", wiederholte er den einen Satz, den er sein halbes Leben lang immer wieder gesagt hatte, allerdings oft mit mehr Erfolg als heute, denn in der Wohnung blieb es still.

„Wir brauchen einen richterlichen Beschluss", mahnte Werner, als er sah, wie sein Kollege Anlauf nahm.

„Gefahr in Verzug", murmelte Siggi und tat so, als wolle er seinen Körper gegen die weiße Furniertür krachen lassen. Werner lachte: „Da träumst du von!", sagte er, aber er verstand seinen Kollegen nur zu gut. Sie hatten die letzten Wochen fast ausschließlich Diebstähle und Einbrüche bearbeitet. Ein mysteriöser Fall von Verschwinden beflügelte sie daher regelrecht. „Lass uns einfach einen richterlichen Beschluss beantragen!" Siggi nickte.

Noch bevor sie das Haus verlassen konnten, wurden sie erneut von Frau Winter abgefangen. „Hier, ich habe es genau aufgeschrieben", rief sie und wedelte mit einem Zettel vor ihrer Nase. „Angerufen um 11.23 Uhr im Revier Süd. Ich habe mit einer Frau Gantzmann gesprochen und ihr gesagt, dass wir unsere Lore vermissen. Und, haben Sie sie gefunden?"

„Nein, noch nicht", gab Siggi zu, „aber wir werden uns um Ihre Freundin kümmern, versprochen!"

***

Nur wenige Stunden später steuerten Werner Lambert und Siggi Friedrichs mit einem richterlichen Beschluss in der Tasche erneut die Karlsbader Straße 293 an. Wieder stellten sie sich im vierten Stockwerk vor die Tür, an der das Schild „Voigt/Tezcan" angebracht war. Allerdings waren sie dieses Mal nicht alleine. Eine Standesbeamtin hatte kurzfristig Zeit gefunden, als Durchsuchungszeugin zu fungieren und stand, klein, aber kugelrund, einem wieselflinken Mann vom Schlüsseldienst im Weg, der schon des Öfteren für das Polizeirevier Süd gearbeitet hatte.

Die Polizisten klingelten der Form halber, aber sie rechneten nicht mehr damit, dass ihnen jemand öffnete. Siggi rief noch einmal matt: „Aufmachen, Polizei", damit auch das getan war. Danach winkte er das Wiesel an der Standesbeamtin vorbei, die tief Luft holte, um ihm Platz zu machen. Vor der Wohnungstür öffnete der Mann vom Schlüsseldienst seine Werkzeugtasche, fummelte ein wenig in den beiden Schlössern der Wohnungstür, die daraufhin mit einem leisen Klicken aufging.

Die Polizeibeamten nickten dem Mann zu, der sich an eine nicht vorhandene Mütze tippte und die Treppe wieder hinunter lief. Die Standesbeamtin war zwischenzeitlich an die Tür gekommen, unschlüssig, ob sie den Polizisten folgen sollte, die bereits in die Wohnung gegangen waren.

Werner hatte als erster die komplett abgedunkelte Wohnung betreten. Siggi blieb dicht hinter ihm. Es roch nach rohem Hähnchenfleisch, aber der Geruch wurde intensiver und süßer, je weiter die Beamten sich vorwärts bewegten. Aus einem der hinteren Räume drang ein wenig Licht durch die Fenster.

„Überall sind die Rollläden unten, nur da hinten nicht", murmelte Werner und Siggi nickte, während beide unbeirrt auf das hellere Zimmer zugingen. In der halb geöffneten Zimmertür blieb Werner stehen, schubste die Tür ganz auf und sah sich, mittlerweile tief atmend, das Bild an, das sich ihnen bot.

Auch in diesem Zimmer hatte man die Rollläden herunter gelassen, aber nicht ganz. Die Fenster waren geöffnet und durch Bänder gesichert, als hätte jemand sicher gehen wollen, dass sie auch offen blieben. Auf den Fensterbrettern standen riesige Schalen mit Kaffeepulver, die wohl den Geruch mindern sollten, der dem riesigen Paket entströmte, das auf der rechten Seite des Doppelbetts lag.

Die beiden Männer starrten auf das luftdicht in Folie verpackte Paket, das mehrfach mit Klebeband umwickelt war. Keiner von ihnen zweifelte auch nur eine Sekunde lang daran, dass darin ein Mensch lag, dem Geruch nach schon länger.

„Wir müssen die Kollegen anrufen", sagte Werner und trat einen Schritt zurück, wobei er gegen die Standesbeamtin prallte, die ihnen nun doch gefolgt war. Sie hatte zwar kaum etwas gesehen, aber es war genug gewesen, um ihrem Gesicht die Farbe zu nehmen. „Sobald die Kollegen da sind, dürfen Sie gehen", versuchte Siggi sie zu trösten.

***

Zwei Stunden später war das große Paket aus der Karlsbader Straße 293 abtransportiert. Ob es tatsächlich eine Leiche enthielt, sollten die Gerichtsmediziner klären. Sophie Schuster, die Beamtin von der Spurensicherung, hatte lediglich Endstücke aus den Klebebändern geschnitten, mit der die dicke, grüne Gewebeplane umwickelt war. Sie hoffte, darauf Fingerabdrücke zu finden und legte sie zur weiteren kriminaltechnischen Untersuchung in einen Behälter.

Ein Bestattungsinstitut war informiert und hatte bereits den Auftrag, das Paket samt Inhalt in das rechtsmedizinische Institut zu bringen. Die Fahrer hoben das Bündel mit der gebotenen Vorsicht an, doch als sie es in die mitgebrachte Trage legen wollten, schwappte etwas Flüssigkeit aus den Löchern, die Sophie Schuster in die Klebebänder geschnitten hatte. Einer der Mitarbeiter des Bestattungsinstituts sah sie vorwurfsvoll an.

„Ist eh nichts Verwertbares", behauptete Sophie entschuldigend, ging aber sicherheitshalber in die Hocke und inspizierte die Pfütze. Es war tatsächlich nur Leichenwasser. Sophie zuckte die Schultern. DNA würden sie an und in der Leiche genug finden, dazu brauchten sie die Bindegewebsflüssigkeit nicht, die immer austritt, wenn eine Leiche austrocknet. Für Sophie war sie lediglich ein Hinweis darauf, dass die Leiche schon länger hier lag und dass sie die Paketbandstücke besonders gründlich untersuchen musste. Sie ging ins Bad und steckte die beiden Zahnbürsten ein, die in verschiedenen Bechern am Waschbeckenrand standen. Zahnbürsten enthielten im Allgemeinen noch Restspeichel und damit gute DNA-Vergleichsproben.

Sollte in dem riesigen Paket, das er ihnen auf dem Bett hinterlassen hatte, tatsächlich Lore Voigt liegen und könnte sie, Sophie, auf der Plane Tezcans Fingerabdrücke finden, dann wäre der Fall geklärt. Die Fahndung nach Mert Tezcan lief bereits.

Im Moment hatten sie zwar noch nichts gegen ihn in der Hand, aber er wurde dringend als Zeuge gesucht. Alles andere würde sich finden. Hier war ganz offensichtlich ein Mord verübt worden und es sah nach einem schnellen Ermittlungserfolg aus. Sophie pfiff fröhlich vor sich hin, während sie ihre Beweisstücke einpackte.

***

Kriminalhauptkommissar Kilian Brandt kochte vor Wut. „Hier steht es überdeutlich!", brüllte er und stupste mit seinem rechten Zeigefinger immer wieder auf einen Eintrag im Wachbuch. „Anruf Rosi Winter, Karlsbader Straße 293, vermisst ihre Freundin Lore, verdächtigt deren Lebensgefährten, ihr etwas angetan zu haben, Vermerk: unglaubwürdig. Unglaubwürdig!"

Minnie Gantzmann reagierte erst trotzig, denn eigentlich hatte jemand vom Kriminalkommissariat hier nichts zu suchen und schon gar nicht, ihr etwas zu sagen. Doch hinter Brandt stand der Dienststellenleiter des Reviers, und das war ihr Chef, der ebenfalls ziemlich sauer aussah. Irgendetwas musste Minnie also zu den Vorwürfen sagen. „Das war eine alte Frau", argumentierte sie schwach, „klang hysterisch. Vermisste ihre Freundin. Dabei kann die doch weiß Gott wo sein! Meine Freundinnen melden sich bei mir ja auch nicht ab, wenn sie mal in Urlaub fahren!"

„Ihre Freundinnen sind jung!", dröhnte Brandt. „Aber die Freundin einer alten Frau ist vermutlich auch eine alte Frau und alte Frauen verreisen nicht überplötzlich, ohne sich zu verabschieden!"

Minnie nickte. Sie hätte das melden müssen, das sah sie jetzt ein. Einfach den Anruf ins Wachbuch einzutragen und wieder zu vergessen, war ein Fehler gewesen. Möglicherweise einer mit prekären Folgen: Bezugskürzung, Strafversetzung, Rückstufung auf der Karriereleiter – Minnie war so zerknirscht, dass sie das Schlimmste in Betracht zog. Wobei sie nicht sicher war, was von alledem das Schlimmste für sie sein würde.

„Das wird Konsequenzen haben", bestätigte Kilian Brandt ihre unausgesprochenen Befürchtungen und wandte sich zum Gehen, hielt aber noch einmal inne. Offensichtlich war ihm etwas eingefallen. Minnie duckte sich vorsichtshalber hinter ihrem Bildschirm weg. Doch Brandt hatte es nicht mehr auf sie abgesehen. Seine Worten galten Conrad Köhler, dem Neuen: „Gute Arbeit, Kollege", sagte er und Conrad wurde rot.

***

Bis das Paket aus der Oststadt auf dem Tisch der Rechtsmediziner ankam, war noch ein wenig mehr Leichenwasser ausgelaufen. Die Fahrer des Bestattungsinstituts hatten versucht, es aufzufangen, aber der leitende Forensiker hatte auch kein Interesse an der übelriechenden Flüssigkeit.

Stattdessen starrte er fasziniert auf das Paket, von dem keiner wusste, wann es gepackt worden war. Bislang war der Sommer heiß gewesen, und sollte in der Folie eine Leiche sein, wäre sie mit Sicherheit bereits weitestgehend zersetzt. Eine DNA-Bestimmung wäre dann nicht so einfach. „Nun, dann müssen den Kommissaren Details wie Haarfarbe, Augenfarbe und Größe der Leiche erst einmal genügen", dachte er grimmig, während er auf den Kollegen wartete, der die Leichenschau mit ihm vornehmen sollte.

Unterdessen wollte Kriminalkommissarin Katharina Straub die persönlichen Unterlagen prüfen, die sie in Kisten gepackt und aus Lore Voigts Wohnung mitgenommen hatte. Katharina war neben Kilian Brandt als leitende Ermittlerin im Fall Voigt eingeteilt – falls es einen Fall Voigt überhaupt gab, woran jedoch keiner mehr zweifelte. Bevor sich Katharina an die Kisten machte, nahm sie noch einmal das Foto in die Hand, das ihr die Kollegen von der Streife mitgebracht hatten. Es war ein Schnappschuss, den sie von Rosi Winter bekommen hatten. Er zeigte zwei Frauen, die vor einer spektakulären Berglandschaft auf einer Bank saßen. Beide trugen Anoraks, lange Hosen und schwere Wanderstiefel. Zwischen ihnen stand eine Thermoskanne, und sie hatten Tupperdosen auf ihren Knien, aus denen sie gemütlich vesperten. Drei Rucksäcke lagen ihnen zu Füßen. Offensichtlich waren die Frauen wandern gewesen und das Foto war von der dritten im Bunde, vermutlich der bereits erwähnten Gabi, gemacht worden.

Siggi hatte Katharina erzählt, dass Lore Voigt die Frau rechts auf dem Foto neben Rosi Winter wäre. Katharina sah sich Lore lange an, die fröhlich in die Kamera lachte und einen gesunden, lebendigen Eindruck machte. Ihr graues, vom Wind zerzaustes Haar war noch voll und ihre hellen Augen blitzten lebhaft. Für ihre einundsiebzig Jahre machte sie einen dynamischen, ja fast jugendlichen Eindruck. Kein Wunder, dass sie sich einen sechs Jahre jüngeren Mann hatte angeln können.

War er wirklich ihr Freund gewesen? Bei diesem Gedanken schnaubte Katharina innerlich. Wohl eher nur ihr Liebhaber! Vielleicht nur ein Gigolo und vielleicht sogar ihr Mörder. Wir werden sehen, dachte Katharina und wühlte sich durch die Kisten.

Besonders interessant fand sie die Kontoauszüge. Die letzten waren vor einigen Monaten eingeheftet worden und Lore hatte ein paar der Geldabgänge markiert. Es waren teilweise über vierstellige Summen, die mit einer EC-Karte abgehoben worden waren. Kontoauszüge der letzten Wochen und Monate fand Katharina Straub keine.

„Wir müssen mit der Bank sprechen", sagte sie zu Kilian Brandt. „Kannst du das nicht alleine?", fragte Brandt schlecht gelaunt zurück. „Ich nehme

Conrad mit, wenn's recht ist", konterte Katharina. Seit der junge Polizeianwärter sie mit seinem richtigen Riecher auf die Spur des Falles gebracht hatte, war er innerhalb von wenigen Stunden zum Liebling der Kolleginnen im Kommissariat mutiert. Kilian Brandt grunzte: „Wenn das Revier ihn dir ausleiht, meinetwegen." Katharina lachte. „Vermutlich mit Handkuss. Seit deinem Auftritt da drüben hasst ihn die Kollegin!" „Diese Minnie?" Brandt schmunzelte. „Da muss er durch. Sag ihm: ‚Was kümmert es den Mond, wenn ein Hund ihn anbellt?'"

**

Das Gespräch mit dem Leiter des Geldinstituts, bei dem Lore Voigt ihr Konto hatte, verlief zäh. Er war so besorgt um den Ruf seiner Bank, dass ihn nur etwas Druck dazu brachte, zuzugeben, dass Lore Voigt ein paar Abhebungen reklamiert hatte. „Wir konnten gar nichts machen", sagte der Bankdirektor und hob unschuldig die Hände. „Ihr Freund hatte die EC-Karte und den Pin-Code! Die Karte war auch nicht als gestohlen gemeldet oder gesperrt worden. Die alte Dame war anscheinend völlig mit der Situation überfordert, daher hatten wir ihr angeboten, die EC-Karte zu sperren, aber das wollte sie sich noch einmal überlegen. Seither haben wir nichts mehr von ihr gehört."

Katharina starrte auf die letzten Kontoauszüge, die ihr der Bankdirektor überlassen hatte. Es waren die, die in ihren Unterlagen gefehlt hatten. Ein oder zwei Tage, nachdem bei Frau Voigt die Rente eingegangen war, war das Geld auch schon wieder komplett abgehoben worden. So blieb Lore Voigts Kontostand konstant bei null Komma null Euro.

Von diesem Moment an wurde Mert Tezcan nicht mehr nur als möglicher Zeuge betrachtet, sondern wegen unerlaubter Ingebrauchnahme einer EC-Karte und Betrug gesucht. Zudem war seine Rolle in der Leichensache noch nicht geklärt. Tezcan zu finden hatte nun höchste Priorität, weshalb die Beamten ihre Suche auf andere Bundesländer ausweiteten. Noch war allerdings nicht klar, ob eine Anklage wegen Mordes folgen würde, denn noch immer war weder die Identität der in dem Paket gefundenen sterblichen Überreste noch deren Todesursache geklärt.

„Der Verwesungszustand ... die lange Liegezeit ... der Sommer ..." Der Rechtsmediziner hatte viele Erklärungen dafür, warum es mit der Obduktion des Körpers, den sie in der Folie gefunden hatten, nicht voranging. Immerhin konnte er bestätigten, dass in dem Paket eine tote Frau mit weißem, ehemals vollem Haar gelegen hatte, deren Augen noch immer graugrün schimmerten. Auch die Körpergröße stimmte. Es war also durchaus wahrscheinlich, dass es sich bei ihr um Lore Voigt handelte. „Wir haben im Herzmuskel einen Rest Blut extrahieren können", erklärte er

Katharina. „Es ist nicht viel, aber zur Not könnte es reichen. Die Leiche ist wirklich in keinem sehr guten Zustand mehr. Ich melde mich, sobald die DNA feststeht."

***

In Sachen DNA war Sophie schneller gewesen. Sie hatte die beiden Zahnbürsten in ein Speziallabor gegeben, wo man sowohl ein Profil von Lore Voigt als auch eins von Mert Tezcan erstellt hatte. Damit konnte Sophie jedoch erst etwas anfangen, wenn es Vergleichsproben gab. Es war nichts Neues, dass sich die Forensiker dazu mehr Zeit ließen als der Sache diente. Das kannte sie schon.

Geduldig beschäftigte sie sich daher mit den Klebebändern, die sie aus der Folie geschnitten hatte, als die Leiche noch am Tatort lag. Sophie hatte die jeweiligen Endstücke ausgeschnitten, wo die Klebestellen übereinander lagen und der Täter das Band abgeschnitten hatte. Wenn er irgendwo Fingerabdrücke hinterlassen hatte, dann vermutlich hier. Sollte sie partout nichts finden, blieb Sophie immer noch, die restliche Plane von der Rechtsmedizin anzufordern und sie zentimeterweise abzusuchen. Da Mert Tezcan bereits straffällig geworden war, lagen ihr die Vergleichsfingerabdrücke vor. Jetzt musste sie nur noch Glück haben.

„Wir haben ihn!" Conrad Köhler stand überraschend in der Tür und strahlte sie an. Mittlerweile hatte er jede Scheu gegenüber der großen, stattlichen Frau verloren, deren natürliche Autorität ihn anfangs so eingeschüchtert hatte.

Sophie lächelte. Seit jenem Tag, als er zum ersten Mal bei ihr in der Spurensicherung aufgetaucht war, waren fast zwei Wochen vergangen. Es waren derzeit in ihrem Zuständigkeitsbereich mindestens vier Menschen zur Fahndung ausgeschrieben, aber dennoch wusste sie, dass Conrad nur diesen einen meinen konnte: Mert Tezcan, von dem mittlerweile alle im Kommissariat und im Revier gehört hatten und mittlerweile auch wussten, wie man seinen Namen schrieb.

„Wo habt ihr ihn aufgegabelt?", fragte sie.

„Er ist den Kollegen in Flensburg aufgefallen. Offensichtlich wollte er nach Dänemark fahren, aber die Kollegen haben ihn rechtzeitig festgenommen. Jetzt wird er hergebracht und morgen früh dem Haftrichter vorgeführt."

„Super", strahlte Sophie den jungen Kollegen an, der so in seiner ersten Ermittlung aufging. „Bislang haben wir ja nur Bankbetrug gegen ihn in der Hand, aber mit etwas Glück ...", Sophie wies mit einer Handbewegung auf die Beweisstücke, die vor ihr lagen, „können wir ihm noch Leichenschändung anlasten. Mittlerweile haben auch die Herren von der Gerichtsmedizin festgestellt, dass die Tote im Sack vermutlich wirklich Lore Vogt war. Und wenn sie sich noch etwas mehr Mühe geben und herausfinden, wie sie zu Tode kam, lautet die Anklage möglicherweise sogar Mord oder Totschlag. Nicht schlecht, Kollege, für so ein bisschen mulmiges Gefühl aufgrund eines Anrufs!"

***

Bingo! Es gelang Sophie tatsächlich, den Teilabdruck eines Daumens an einem Stück Klebeband sicherzustellen. Er war mit dem Abdruck von Mert Tezcans rechtem Daumen identisch. „Du hast sie also eingewickelt, das kannst du nicht mehr abstreiten", murmelte Sophie glücklich, als sie das Ergebnis ihrer Arbeit betrachtete. Damit würden sie Tezcan beim Verhör konfrontieren können, während sie weitere Puzzleteilchen zusammentragen würden, um ihm einen Mord nachzuweisen.

***

Conrad Köhler durfte sich das Verhör von der anderen Seite des Spiegels mitansehen. Er hatte diesem Moment entgegengefiebert und als Mert Tezcan in den Vernehmungsraum geführt wurde, bekam sein erster Fall ein Gesicht. Natürlich hatte sich Conrad bereits das Fahndungsfoto von Tezcan ganz genau betrachtet, aber das war nicht das Gleiche.

Mert Tezcan war ein kleiner, gedrungener Mann südländischen Typs, dessen dunkle Haut seltsam fahl und grau wirkte. Er lief schlurfend und machte insgesamt einen abgearbeiteten, müden Eindruck. Eine leichte Beute, dachte Conrad.

Kilian Brandt und Katharina Straub führten das Verhör und kaum hatte Katharina das erste Wort an Tezcan gerichtet, als ein Ruck durch dessen Körper fuhr. Adrenalin, dachte Conrad fasziniert. Er kann Frauen eigentlich gar nicht leiden! Gleichzeitig beobachtete Conrad, wie sich etwas Listiges, Verschlagenes in Tezcans Gesicht breit machte. Doch keine leichte Beute.

Wie viele andere Verhöre war auch dieses ein Tanz. Mert Tezcan spielte den Ahnungslosen: Seine Freundin wäre in Urlaub, auf Teneriffa, aber ihm wäre das egal, sie hätten sich sowieso getrennt. Auf einen Einwurf Brandts korrigierte Tezcan, Lore sei auf Mallorca, das habe er eben verwechselt. Er bringe die Inseln immer durcheinander.

Seit wann sie dort wäre? Das wisse er auch nicht so genau. Er habe sich ja schließlich von Lore getrennt und sei seither viel unterwegs gewesen. Wie sie dort hingekommen sei? Mit dem Flugzeug natürlich.

„Es hat aber keine Flugbuchungen einer Lore Voigt nach Mallorca in den letzten vier Monaten gegeben", wandte Katharina ein. Mert Tezcan holte tief Luft. „Nein, auch nicht nach Teneriffa", kam ihm Katharina zuvor, die das längst gecheckt hatte, weil auch ihre Mutter die Urlaubsinseln kaum auseinanderhalten konnte.

Mert Tezcan zuckte mit den Schultern. „Was geht mich das an?"

Nun konfrontierten ihn die Ermittler mit den rechtswidrigen Abhebungen vom Konto seiner ehemaligen Freundin. Tezcan verstummte und sah die beiden Polizisten reglos an.

Sie begannen, ihn in die Enge zu treiben. Sie berichteten vom Leichenfund, wobei sie vorsorglich verschwiegen, dass sie noch gar nicht sicher waren, wer in dem Paket in der Karlsbader Straße überhaupt gelegen hatte. Tezcan wusste angeblich von nichts, bis man ihm von der Zeugin erzählte, die ihn aus der Wohnung hatte kommen sehen, als die Leiche bereits darin gelegen hatte. Und dass sie seinen Fingerabdruck auf dem Paket gefunden hätten.

Tezcan knickte ein. Lore sei eines natürlichen Todes gestorben: „Sie ist morgens einfach nicht mehr aufgewacht!", behauptete er.

„Warum haben Sie keinen Arzt gerufen?", fragte Katharina.

„Weil sie tot war oder halten Sie mich für zu blöd, zu erkennen, wann jemand tot ist?" Tezcan sah Katharina so böse an, dass sie zurückzuckte. Trotzdem hakte sie nach. „Und dann haben Sie sie liegen lassen?"

Das wollte er zunächst nicht, gestand der Verdächtige. Aber er habe tagelang überlegt, wie er den Tod seiner Freundin verschleiern könnte. Er wollte in Ruhe an ihre Ersparnisse und wenn möglich auch noch an ihre Rente. Daher habe er sie so gut verpackt, wie er nur konnte, die Schüsseln mit Kaffeepulver gegen den Geruch aufgestellt und für eine ausreichende Belüftung im Schlafzimmer gesorgt. Er selbst sei in dieser Zeit bei einem Freund untergekommen.

Seine Rechnung ging fast drei Monate lang auf. Tezcan bediente sich am Konto seiner verstorbenen Freundin und hob regelmäßig deren Rentenzahlung ab. Erst nachdem die Freundinnen der Frau massiv wurden, nachfragten und schließlich mit der Polizei drohten, war er unsicher geworden. Als er durch den Anruf bei der Polizei erfuhr, es gäbe bereits einen für ihn zuständigen Beamten, suchte er das Weite. Nach Dänemark wollte er, neu anfangen.

Bei diesen Worten schweifte sein Blick durch den Raum in die Ferne und landete unabsichtlich auf dem Spiegel, hinter dem Conrad Köhler saß. Conrad erinnerte sich: „Der zuständige Kollege ist gerade nicht im Haus", hatte er aufs Geratewohl gesagt und damit Tezcans Flucht ausgelöst. Aber immerhin hatten sie ihn ja jetzt. Wer weiß, wo Tezcan jetzt leben würde, wenn er nicht so dumm gewesen wäre, im Revier Süd anzurufen.

***

„Glaubst du ihm seine Geschichte?", fragte Conrad Sophie, nachdem er ihr von dem Verhör erzählt hatte, „dass sie eines natürlichen Todes gestorben ist und er nur an ihr Geld wollte?"

Sie zuckte mit den Schultern. „Es ist nicht wichtig, was wir ihm glauben, sondern was wir ihm beweisen können."

In diesem Moment klingelte das Telefon. Sophie ging ran, meldete sich und sagte: „Sie kommen genau richtig!" Offensichtlich hatte sie die Nummer im Display erkannt.

„Ah, ja, gut, dass wir das jetzt verbindlich wissen. Fein." Sophie zwinkerte Conrad zu. Offensichtlich gab es gute Nachrichten. Doch im Laufe des Gesprächs wurde die Polizeibeamtin immer blasser. „Ist das Ihr letztes Wort?", fragte sie den Anrufer schließlich mit gepresster Stimme. „Ich meine, gibt es da nicht noch irgendwo eine Möglichkeit …?"

Sie lauschte in den Hörer, bedankte und verabschiedete sich schließlich knapp. Dann wandte sie sich Conrad zu. „Das war's!", sagte sie frustriert. „Du kannst dir einen anderen Lieblingsfall suchen. Mit Tezcan sind wir durch."

Conrad starrte die Kollegin verblüfft an.

„Schau mich nicht so an", fuhr Sophie fort. „Ich kann nichts dafür. Was in meiner Macht lag, haben wir ihm nachweisen können. Aber das war eben die Gerichtsmedizin. Sie haben mit der DNA die Identität von Lore Voigt bestätigen können, aber leider keine eindeutige Todesursache. Dazu war ihr Verwesungszustand zu weit fortgeschritten. Wir werden nie erfahren, ob sie wirklich eines natürlichen Todes gestorben ist oder ob Mert Tezcan Glück hat und mit einem blauen Auge davonkommt." Sie zuckte mit den Schultern.

„Aber ..." Conrad keuchte. Das war schließlich sein erster Fall! Sollte er einfach so verpuffen? „Das darf doch nicht wahr sein!", rief er wütend aus.

Sophie zuckte noch einmal mit den Schultern. „Ruhig, Brauner", sagte sie, „finde dich einfach damit ab. Je schneller, desto besser, denn das wirst du in deiner Laufbahn noch öfter erleben. In Deutschland gilt die Unschuldsvermutung. Wir können Tezcan Betrug und Leichenschändung nachweisen, aber keinen Mord und keinen Totschlag. Basta!"

LEBENSLÄNGLICH

Der Mann, der diese Geschichte wirklich erlebt hat, war damals vierundzwanzig Jahre alt und wohnte in Berlin. Sie können ihn Lukas nennen. Da wir Menschen dazu neigen, das Dumme und das Böse immer bei den anderen zu suchen und niemals bei uns selbst, sei vorab klar gesagt: Lukas war kein Ausländer. Aber weder seine Religionszugehörigkeit noch sein Familienstand tun hier etwas zur Sache, daher können Sie diesbezüglich Ihrer Fantasie freien Lauf lassen. Auch Dinge wie Größe oder Haarfarbe sind nicht relevant, höchstens Intelligenz und Bildung, aber davon wäre auf die Schnelle nichts erkennbar.

Eine unverrückbare Tatsache ist, dass Lukas wegen Mordes zu einer lebenslänglichen Haft verurteilt wurde, auch wenn er bestreitet, jemanden umgebracht zu haben. Getötet ja, aber doch nicht mit Absicht! Keine Heimtücke, keine Mordlust, keine Habgier, nun ja, andere sogenannte „niedrige Beweggründe", aber derer war er sich doch gar nicht bewusst … oder?

Es war doch nur ein unter zwei Freunden ausgetragenes, wenn auch illegales Straßenrennen, das leider zum Tod eines unbeteiligten Verkehrsteilnehmers führte. Das kann man doch nicht Mord nennen, das war doch nur ein bedauerliches Unglück.

Es war Anfang Februar 2016, als sich Lukas mit Freund Daniel zu einem Autorennen in der nächtlichen Berliner Innenstadt verabredete. Die dazu verwendeten Automarken tun hier nichts zu Sache, außer vielleicht, dass man sich fragen könnte, wovon sich Männer wie Lukas und Daniel solche PS-starken Motoren hatten leisten können, die nur dazu gedacht waren, Eindruck zu schinden und sich mit ihnen in einer Art Hahnenkampf, oder, drastischer ausgedrückt, einer Art Schwanzvergleich mit anderen zu messen. Beide wollten dieses Rennen unbedingt gewinnen und gaben Gas.

Sie rasten eineinhalb Kilometer mit Höchstgeschwindigkeiten die zweispurigen Hauptverkehrsstraßen entlang und schließlich auf eine große, für sie nicht einsehbare Kreuzung zu. Die Ampel, die hier den Verkehr regelte, zeigte Rot.

Schon aus einer Entfernung von einem Viertelkilometer war Lukas sicher klar, dass es nicht ganz ungefährlich war, jetzt weiter Gas zu geben. Aber ihm war möglicherweise nicht klar, was „gefährlich" genau bedeutet. Keiner hatte ihm das Denken beigebracht und obwohl sein Magen zuckte, war Lukas vielleicht einfach nicht schlau genug zu erkennen, dass es hier um mehr ging, als nur darum, ein Rennen zu verlieren. Dass er möglicherweise einen Unfall verursachen könnte, einen schlimmen, bei dem jemand zu Schaden kommen könnte. Vielleicht sogar er selbst.

Doch statt zu bremsen, gab Lukas einer inneren Logik folgend noch mehr Gas. Je schneller er die Kreuzung überfahren hätte, desto schneller wäre auch die Gefahr vorüber! Die Richter nannten das später: „Einen Verkehrsunfall im Kreuzungsbereich mit für einen anderen Verkehrsteilnehmer tödlichen Folgen billigend in Kauf nehmen." Doch Lukas hatte nicht die Zeit, sich einen Unfall auch nur vorzustellen, geschweige denn, ihn daraufhin billigend in Kauf zu nehmen.

Mit fast einhundertsiebzig ungebremsten Stundenkilometern kollidierte er mit einem anderen Fahrzeug, dessen Fahrer von rechts gekommen war und bei dem die Ampel Grün gezeigt hatte. Innerhalb von Sekunden verwandelte sich die Kreuzung in ein Trümmerfeld und der Fahrer, ein Ehemann und Vater, der eben noch Grün hatte, starb.

Wie durch ein Wunder blieb Lukas nur leicht verletzt, wenn man von der Kränkung absieht, dass sein Freund Daniel in diesem Moment das Rennen für sich entschied und zur Unfallaufnahme bereits über alle Berge war.

Das Landgericht Berlin erkannte die Mordmerkmale der Heimtücke und der Tötung aus niedrigen Beweggründen rechtsfehlerfrei und verurteilte Lukas zu einer lebenslangen Haft. Die Revision vor dem Bundesgerichtshof bestätigte: schuldig im Sinne der Anklage.

Und da steht er nun, unser Lukas, mit selbstvergessen geöffnetem Mund, staunend, verwundert über das Lebenslänglich und über die vielen Abers, die es begleiten: „Aber ich habe das doch gar nicht gewollt ...", „aber ich habe ihn doch gar nicht gesehen ...", „aber wer hätte denn ahnen können ...", „aber mir war doch gar nicht bewusst ..., denn sonst ... sonst hätte ich natürlich niemanden totgefahren – ich doch nicht! - niemals!"

CHAMPAGNERTORTE

„Was darf es denn dieses Mal sein?", fragte ich meinen Cousin Michael, als er mich wie jedes Jahr zu seiner Geburtstagsparty einlud. „Schwarzwälder Kirschtorte, dunkle Schokoladentorte …?" Ich bin Konditorin von Beruf und daher um Mitbringsel nie verlegen.

„Lieber eine Champagner-Torte!", antwortete Michael mit einem Zwinkern.

„Eine Champagner-Torte?", fragte ich ungläubig. „Es ist doch gar kein runder Geburtstag. Gibt es etwas Besonderes zu feiern?"

Michael zwinkerte erneut, was ganz ungewöhnlich war. Hatte er einen Tick? Oder einen ganz besonders guten Witz gehört, der noch nachwirkte? Doch dann sagte er: „Evelyn kommt!"

„Evelyn?" Ich stand einen Moment lang auf der Leitung. Doch als Michael die Augen rollte und zu einer Erklärung anhob, fiel es mir wieder ein: Evelyn! Diese Evelyn!

Um Evelyn rankten sich viele Gerüchte, aber leider hatte ich sie nie persönlich kennengelernt. Sie ist in unserer Stadt und weit darüber hinaus bekannt, da sie eine wöchentliche Kolumne in der hiesigen Tageszeitung schreibt. Ein bisschen so wie Carry Bradshaw in „Sex and the City", nur dass sie nicht mit spitzer Feder Sex, sondern gesellschaftspolitische Dinge bespricht, die sowohl die Stadt als auch den Landkreis betreffen.

Ihre Kolumne wird viel gelesen und je nachdem wie heiß das Thema ist, das sie gerade behandelt hatte, wird auch viel darüber diskutiert.

Doch das war es nicht, was Evelyn zur Legende unserer Familie gemacht hatte. Es war die Tatsache, dass sie vor fast fünfundzwanzig Jahren ein paar Monate lang ein Verhältnis mit Michael gehabt hatte und ihm das Herz brach, als sie ihn verließ.

Zur Freude seiner Eltern übrigens. Denn Evelyn war damals Ende dreißig gewesen und Michael erst fünfundzwanzig. Unsere Familien sind sehr konservativ. Für Michael wünschten sie sich immer ein Heimchen am Herd, das ihn in seinen Karriereplänen unterstützt und ihm Kinder schenkt. Eine Frau, die bereits eine eigene Karriere vorzuweisen hatte und möglicherweise gar nicht daran dachte, Kinder zu bekommen, kam auf keinen Fall infrage.

Nachdem Evelyn mit Michael Schluss gemacht hatte, war seine Familie erleichtert gewesen, insbesondere, als sie in das andere Ende der Stadt gezogen war. Michael sah sie nie wieder, auch wenn er nie aufhörte, ihre Kolumne zu lesen.

Da Evelyn quasi zur Lokalprominenz gehörte, sickerten immer wieder Gerüchte über sie zu uns durch. Die letzten Informationen, die ich hatte, waren die, dass Evelyn jetzt mit Frauen zusammen wäre.

War sie eine Lesbierin geworden? Oder gar schon immer eine gewesen? Und falls ja, was hatte Michael damit zu tun? War er ihr letzter Mann gewesen? Diese Fragen wurden erst unter vorgehaltener Hand und dann lang und breit bei diversen Festivitäten diskutiert. Und jetzt würde diese Evelyn tatsächlich zu Michaels Geburtstagsparty kommen?

„Seit wann habt ihr wieder Kontakt?", fragte ich ungläubig.

„Oh, seit ein paar Wochen", antwortete Michael und wich meinem Blick aus. Lief da wieder etwas?

Das hätte mich zumindest nicht gewundert. Denn Vanessa, die Frau, die Michael schlussendlich ein paar Jahre nach seiner Affäre mit Evelyn geheiratet hatte, war zwar per se ein Hausmütterchen, aber hyperaktiv und kapriziös. Ich hatte den Eindruck, dass sie Michael oft auf die Nerven ging. Kinder hatten die beiden auch nicht.

„Ihre Zeitung hatte einen Tag der offenen Tür und sie gehörte zu denjenigen, die die Besucher durch das Haus führten."

„Und du warst Besucher?"

„Ich mit Vanessa. Eigentlich war es sogar Vanessa, die darauf gedrängt hatte, sich die Redaktionsräume einmal anzusehen, ich kannte sie ja schon."

Michael grinste noch immer.

„Und dann hat sie Evelyn kennengelernt?"

„Ja, und die beiden waren sich auf Anhieb sympathisch. Sie haben sich lange unterhalten, wir haben Telefonnummern ausgetauscht und uns zwischenzeitlich noch einmal zum Essen getroffen. Ich bin froh, dass sie wieder in meinem Leben ist, ich finde sie immer noch toll und Vanessa mag sie Gott sei Dank auch!"

Ich kam aus dem Staunen nicht mehr heraus. Wenn ich Vanessa gewesen wäre, hätte ich mehr Vorsicht walten lassen, wen ich mir da ins Haus hole, aber bitte, das muss ja sie wissen.

Ich war auf jeden Fall ganz schön neugierig auf den Moment, an dem ich Evelyn kennenlernen sollte. Wunschgemäß hatte ich zu Michaels Geburtstag eine Champagnertorte gebacken (was im Übrigen auch nicht viel mehr Arbeit macht als eine Schwarzwälder Kirschtorte) und war der erste Gast, nicht nur, um sie rechtzeitig zu übergeben, sondern auch, um mir einen Parkplatz vor dem Haus zu sichern. Michael lebt nämlich zwar recht hübsch, aber auf einer bewaldeten Anhöhe. Um das Haus herum gibt es nur wenige

Parkmöglichkeiten. Wer zu spät kommt, muss den Berg hinauf- und in der Nacht auch wieder hinunterlaufen. Mit einer Torte in der Hand macht das keinen Spaß, daher zog ich es vor, lieber zu früh, als zu spät zu kommen.

Dabei half ich Vanessa noch Hand ans Buffet zu legen und schließlich standen wir entspannt zusammen und tranken ein Glas Sekt, während Michael die nächsten Gäste begrüßte. Es sind immer dieselben: Sein Kollege mit dessen Frau, seine Schwester samt Anhang, sein bester Freund und noch ein paar Cousins und Cousinen, die in der Nähe wohnen. Auf Michaels Gartenfesten sind wir meist zwischen zehn und fünfzehn Leute.

Michael hatte auf 19 Uhr eingeladen, aber Evelyn war nicht pünktlich. Das hatte ich auch nicht erwartet. Sicher wollte sie als Star des Abends den großen Auftritt.

Aber dann war sie plötzlich da, ohne dass ich sie bemerkt hatte! Verblüfft starrte ich auf die eher unscheinbare, zierliche Frau, die von Vanessa überschwänglich begrüßt wurde.

Ich muss zugeben, ich hatte sie mir eher wie eine Stilikone vorgestellt, wo sie doch wie Carry Bradshaw eine eigene Kolumne hatte, aber sie trug eine praktische Jeans, Sneakers und eine leichte Bluse. Sie hätte irgendjemand sein können! Dabei war sie doch Evelyn, die Kolumnistin und

Herzensbrecherin, um die sich die ganzen Jahre lang in unserer Familie Gerüchte gerankt hatten.

Als wir alle lange genug mit einem Aperitif in der Hand zusammengestanden hatten, wurde das Buffet eröffnet und jeder suchte sich einen Platz an der langen Tafel in Michaels Garten. Er hatte mal wieder Glück mit dem Wetter gehabt: Es war ein schöner Spätsommerabend und es war angenehm, draußen zu sitzen.

Ich bemühte mich, in Evelyns Nähe zu kommen, ergatterte den Platz ihr gegenüber und stellte mich vor. Evelyn begrüßte mich freundlich, dann stand sie mit ihrem Teller in der Hand etwas unschlüssig an ihrem Platz.

„Komm, ich zeige dir, wo das Buffet ist", sagte ich und nahm sie mit nach drinnen.

Dort griff Evelyn ungeniert zu. Als sie am Ende des Buffets meine Torte sah, staunte sie: „Das ist ja eine Champagner-Torte!", freute sie sich.

„Die ist von mir", betonte ich stolz.

„Echt?" Evelyn drehte sich zu mir und sah mich glücklich an. „Das ist meine Lieblingstorte!"

„Das hat Michael wohl gewusst, denn er hat sie extra bei mir bestellt", sagte ich.

„Das hat er gut gemacht", antwortete sie grinsend und die Falten um ihre Augen und ihren Mund vertieften sich. Sie war sicher bereits über sechzig, aber ihre Augen funkelten und sie war auf eine erotische Art noch immer sehr attraktiv.

Spätestens die Champagner-Torte brach das Eis zwischen uns. Sie fragte mich nach meinem Beruf und ich erzählte ihr von meiner kleinen Konditorei. Dann ging ich dazu über, ihr von meiner Scheidung vor zwei Jahren zu erzählen und dass ich deshalb heute alleine auf der Party wäre, weil meine mittlerweile erwachsene Tochter derzeit in einem Work-and-Travel-Programm in Australien steckte.

Eigentlich hatte ich gehofft, etwas über Evelyn zu erfahren und merkte gar nicht, dass sie mich erzählen ließ, ohne etwas über sich selbst preiszugeben. Zudem erwies sie sich in jeder Hinsicht als idealer Partygast. Sie unterhielt sich mit allen, lachte über gemachte Witze und platzierte gelegentlich selbst welche.

Wir hatten viel Spaß miteinander und mein Interesse an dieser Frau wuchs wie auch mein Respekt vor ihr. Ich hätte mich auch in sie verliebt, schoss es mir plötzlich durch den Kopf, wenn ich Anfang zwanzig gewesen und ihr begegnet wäre! Im Nachhinein konnte ich gut verstehen, warum mein Cousin damals so auf sie abgefahren war!

Evelyns Anziehungskraft war auf Männer und Frauen gleichermaßen intensiv, das musste ich mir eingestehen. Auch die anderen Partygäste suchten ihre Nähe, obwohl sie sich keineswegs in den Vordergrund drängte. Ich spürte fast so etwas wie Eifersucht, wenn Evelyn sich von mir weg und anderen zuwandte!

Gleichzeitig ließ ich Michael nicht aus den Augen. Hatte er erneut ein Verhältnis mit ihr angefangen? Es sah nicht so aus. Zwar zeigte er Evelyn deutlich, wie sehr er sich über ihren Besuch freute, aber er war seinen anderen Gästen gegenüber ebenso aufmerksam.

War Vanessa eifersüchtig? Auch das sah nicht so aus. Vanessa saß mal hier, mal da neben den Gästen und sprach mit jedem. Mit Evelyn führte sie sogar ein längeres Gespräch, in dem es um Vanessas kompliziertes Verhältnis zu ihrer Mutter ging.

Ich kann heute nicht mehr sagen, ob es der Sekt war, den es vor dem Essen gab, der Wein, den es zum Essen gab oder der Schnaps, der nach dem Nachtisch ausgeschenkt wurde: Nachdem mir klar wurde, dass Evelyn wohl doch kein Verhältnis mit Michael hatte, sondern einfach nur ein netter Partygast war, entspannte ich mich. Und begann, mich selbst in sie zu verlieben.

Verstehen Sie mich nicht falsch: Ich bin nicht lesbisch. Oder zumindest war ich es bislang nicht. Aber diese Frau, die all die Jahre unsere Fantasie beflügelt hatte, erwies sich als überaus anziehend – auch für mich! Und hatte es nicht geheißen, sie wäre jetzt mit Frauen zusammen?

Ich war bereits seit zwei Jahren geschieden und sehnte mich nach … ach, ich weiß auch nicht, was ich mir dabei gedacht hatte. Angetrunken wie ich war, folgte ich Evelyn auf die Gästetoilette am Hintereingang des Hauses und fing sie ab, indem ich mich ihr in den Weg stellte, meine Hände an ihre Taille legte, sie an mich zog und küssen wollte.

Woher ich den Mut dazu hatte? Keine Ahnung. Vermutlich war es einfach eine Kombination aus Alkohol, Sehnsucht, Lust und Begierde. Diese Frau hatte es mir ganz einfach angetan. Jahrelang hatte ich von ihr gehört und nun stand sie leibhaftig vor mir, war charmant, weltgewandt, humorvoll und so angenehm unprätentiös – man musste sie einfach lieben! Warum also nicht ich?

Mit mehr Kraft als ich ihr zugetraut hätte, schob mich Evelyn von sich und sah mich erst entgeistert an. Dann lachte sie freundlich auf, legte ihren Arm um meine Taille und führte mich in Richtung Toilette. „Du wolltest dich sicher nur frisch machen", sagte sie mit liebenswürdiger Nachsichtigkeit und versuchte, mich hineinschieben.

Damit hatte sie der Situation die Peinlichkeit genommen und ich hätte es dabei belassen können. Doch dazu war ich zu gekränkt und zu betrunken. Ich blieb in der Tür zur Toilette stehen und zischte: „Sie sagen doch, du hättest etwas mit Frauen, warum also nicht mit mir?"

„Soso, sagen sie das? Mit Frauen?", fragte Evelyn amüsiert zurück, wobei sie den Plural des Wortes „Frau" betonte: „Frauen".

„Stimmt das etwa nicht?", verlangte ich zu wissen.

„Nein", antwortete sie leichthin und ließ mich einfach stehen! Das wollte und konnte ich mir aber nicht gefallen lassen! Ich war wütend und enttäuscht – und überhaupt nicht mehr in der Lage, klar zu denken. Ich griff nach Evelyn, riss sie an den Schultern so kraftvoll zu mir herum, dass sie taumelte und stürzte. Was jetzt genau kam, kann ich selbst kaum glauben. Ich packte Evelyn bei den langen Haaren, wohl um sie wieder hochzuziehen, doch sie wehrte sich und ich ließ einfach nicht los. In einer Art von Raserei zog ich sie an den Haaren durch die Tür des Gästeklos, wo ich sie hineinstieß. Evelyn fiel mit Wucht gegen die Toilettenschüssel und blieb merkwürdig still liegen.

Genau diese Stille ließ mich innehalten. Was war geschehen? Hatte uns jemand gehört? Hatte Evelyn geschrien? Um Hilfe gerufen? Nein, wir hatten nur keuchend miteinander gerungen. Jetzt lag sie da, die Augen weit offen vor Erstaunen, den Kopf schräg auf dem Hals.

Genickbruch.

Das Wort kam mir in den Sinn und blieb dort, als hätte ich eine Ahnung, als wäre ich Ärztin und nicht Konditorin. Doch schon drängte sich der nächste Gedanke in den Vordergrund: Wohin mit der Leiche? Meine Gedanken überschlugen sich und ich begann, ganz mechanisch zu agieren. Die Leiche anheben, solange sie noch warm ist, sie aus dem Klo wieder herauszerren, an den Hinterausgang schieben und dann ... hinaus mit ihr!

Evelyns Körper fühlte sich federleicht an und mir war, als wäre sie im Tod noch zarter und winziger geworden, als sie mir ohnehin schon vorgekommen war. Wie ein Kolibri, dachte ich, wie ein süßes kleines Vögelchen, das die Katze erwischt hatte.

Nur wenige Meter vom Haus entfernt geht es relativ steil nach unten. Michael hatte hier immer einen hohen Zaun als Schutz vor Einbrechern ziehen wollen, war aber nie dazu gekommen. Es hatte nur zu einem niedrigen Staketenzaun gereicht, der das Ende seines Grundstücks markieren sollte. Ich bog ihn an einer Stelle nieder und hob Evelyn darüber. Sanft ließ ich sie auf den Boden fallen. Gott vergib mir, dachte ich, und gab ihr dann mit meinem rechten Fuß einen heftigen Tritt, woraufhin sie den kleinen Berg hinunterrollte.

Danach wollte ich zurück in die Gästetoilette, mir händeweise kaltes Wasser ins Gesicht schaufeln.

Doch sie war besetzt. Ach du liebe Zeit, dachte ich, hatte mich jemand gesehen? Hatte UNS jemand gesehen?

Ich schlich mich ins Haus zurück und ging ein Stockwerk höher, wo, wie ich wusste, das Badezimmer des Hauses war. Dort setzte ich mich auf den Rand der Badewanne und bemühte mich um Fassung.

Wozu hatte ich mich hinreißen lassen? Nicht nur, dass ich die Ex meines Cousins angemacht hatte, eine Frau, die fünfzehn Jahre älter war als ich, sondern dass ich den Korb, den sie mir so würdevoll und gleichzeitig so charmant gegeben hatte, mit Hass erwidert hatte!

Als ich in den Spiegel starrte, wusste ich nicht mehr, wen ich sah. Seit wann interessierte ich mich für Frauen? Seit wann war ich zur Gewalt fähig? Ich konnte mich noch nicht einmal erinnern, jemals meiner Tochter auch nur einen Klaps gegeben zu haben. Wieso nur hatte ich das getan?

Als ich zurück zu den Partygästen kam, war alles wie vorher. Die Stimmung war gut und keiner schien etwas bemerkt zu haben.

„Wo ist Evelyn?", fragte ich Michael unschuldig.

„Vermutlich schon gegangen", antwortete Michael. „Sie wollte ohnehin nicht lange bleiben, sondern noch ihre Frau im Krankenhaus besuchen."

„Ihre Frau? Sie hat also doch etwas mit Frauen!",
entfuhr es mir entgeistert.

Michael sah mich strafend an. „Sie hat *eine* Frau,
hörst du, nur *eine*! Und das schon seit Jahren! Und
die liegt mit einem Oberschenkelhalsbruch im
Krankenhaus. Aber warum fragst du? Ist etwas
vorgefallen?"

Ja, er kennt mich gut, mein Cousin Michael. Er hat
mir wohl an der Nasenspitze angesehen, dass etwas geschehen war. Mit mir. Aber er hat nie erfahren, was.

Evelyn wurde am nächsten Tag am Fuße der kleinen Anhöhe, an der Michael wohnte, tot aufge-
funden. Die Polizei vermutete, dass sie auf der
Toilette gewesen war und danach die Orientie-
rung in dem fremden Haus verloren hatte. Sie
habe es am hinteren Eingang verlassen, war über
den niedrigen Zaun gestolpert und unglücklich
gefallen. Ein tödlicher Unfall.

Michael ist untröstlich.

Aber fragen Sie mich mal …

EIN WIENER IN KÖLN

Es war einer jener dunklen, regnerischen und deprimierenden Tage, wie sie für Köln so typisch sind. Eberhardt Klein blickte gedankenverloren aus dem kleinen Fenster auf die Hinterhöfe der Aachener Straße 368: dreckige, dunkle, alte Häuser, die im Weg standen und kein Licht ins Studio ließen.

Mit einem Fingerdruck setzte Klein die Bandmaschine in Bewegung und hörte sich noch einmal den Funkspot an, an dem er gerade arbeitete. Eine Frauenstimme pries die Produkte der Wilms AG und die Serviceleistungen des Hauses an. Die Musik im Hintergrund wurde schneller und eine Männerstimme (zu schneidend? zu krass?) betonte, in welch guten Händen der Kunde bei der Wilms AG wäre. Ein lächerlicher Text, aber von der Agentur Atlas & Partner in Auftrag gegeben und vom Kunden, der Wilms AG, abgesegnet.

Bis auf einen kleinen Schnitt war der Spot an sich fertig. Aber Klein war nicht zufrieden mit dem Ergebnis. Die Stimme des Mannes passte ihm nicht. Er würde diese Stelle neu sprechen lassen.

Kleins Blick wanderte wieder aus dem Fenster. Er war müde und auch seine Übelkeit war wiedergekehrt. Er sollte einmal zu einem Arzt gehen, doch er vermutete vage, dass ein Arzt ihm nicht helfen konnte.

Die Frau, die im Hinterhof auftauchte, lenkte seine Gedanken ab. Jung, schmal, Regenmantel. Er beobachtete, wie sie suchend um sich blickte und gleichzeitig versuchte, nicht in die Pfützen zu treten. Das Tonstudio 368 war für einen Erstbesucher schlecht zu finden. Aber was wollte das Mädchen hier? Eine Sprecherin? Er hatte keine bestellt. Vielleicht wollte sie sich nur vorstellen. Das kam gelegentlich vor. Vermutlich eine Schauspielerin. Eberhardt Klein wandte sich ab.

Das Mädchen war zwischenzeitlich im Vorraum des Studios angekommen. Hans-Peter Scheuer kümmerte sich persönlich um sie. Er war der Chef des Hauses: Hans-Peter Scheuer, Hans-P. Scheuer, Hans Bescheuert. Klein musste über sein Wortspiel lächeln. Durch eine große Glasscheibe konnte er sehen, wie Bescheuert fett und geifernd auf die junge Frau einredete. Sie legte ihren Mantel ab. Klein registrierte, dass sie ein Kleid trug, wie es jetzt, Ende der 1980er Jahre, modern war: grell grün, unten eng, oben mit Schulterpolstern. Er sah aber auch, wie Bescheuert um die Frau herumsprang und balzte. Ein ordinärer Mensch, falsch und triefend. Klein verzog die Mundwinkel. Ihm war nun wirklich sehr schlecht.

Regungslos blieb er sitzen, als sein Chef die Tür zum Produktionsstudio öffnete und ihm die Besucherin vorstellte: Eleonora - Ellie - Wiegant, mit T am Ende. Die neue Kontakterin von Atlas & Partner. Die Nachfolgerin von ... Du weißt schon.

Eberhardt Klein wusste. Ihr Vorgänger war ein hochaufgeschossener Bursche gewesen, jungenhaft, stets lachend und hoffnungslos schwul. Er war für die Kooperation zwischen einigen Kunden der Atlas-Agentur und dem Tonstudio zuständig gewesen. Sein Job war es, abzuklären, was der Kunde wollte und diese Wünsche an die Text- und Kreativ-Abteilung der Agentur weiterzugeben. Und, falls ein Kunde Hörfunkspots wünschte, an ein Tonstudio. Vorzugsweise an das Studio 368. Wo sonst hätte sich der Kontakter oft stundenlang lachend und schwatzend aufhalten können? Zu lange, wie die Agentur schließlich fand. Und das hier nun war seine Nachfolgerin.

Sie reichte ihm mit dem obligatorischen Lächeln ihre zierliche, rotlackierte Hand: Eine Bedrohung, er spürte es sofort. Ihre Worte erreichten ihn nur halb. Ungelenk richtete er sich auf, bemüht, sich nicht anmerken zu lassen, wie schlecht ihm war. Am liebsten hätte er sich übergeben.

„Wie weit ist denn der Spot der Wilms AG?" Ach ja. Scheuer winselte noch etwas um die Wiegant – Ellie – herum, bevor er wieder im Vorraum verschwand. Produktion war Kleins Sache. Scheuer kassierte nur.

Zum zweiten Mal an diesem Vormittag ließ Klein den Werbespot laufen. Beim Übergang von der Frauen- zur Männerstimme war ein Ton zu viel von der Hintergrundmusik zu hören. Die

Sprecher waren zu verschiedenen Zeiten aufgenommen und ihre Parts nur grob zusammengeschnitten worden. Da Eberhardt einen Text neu sprechen lassen wollte, hatte sich der Feinschnitt für ihn erübrigt.

„Hier müssen Sie nur noch einen Schnitt setzen!" sagte „Ellie" eifrig. Klein zuckte zusammen.

„Aber ja, hier, der Musikeinsatz stimmt nicht!" Dann trat sie an die alte Bandmaschine, spulte das Band an die richtige Stelle und markierte sie. Ungeübt, aber nicht ungeschickt, zog sie das Band an die Schnittstelle, setzte zweimal das Messer an und klebte die Enden wieder aneinander.

Das Ganze dauerte höchstens eine Minute, in der Klein sich nicht rührte und nur auf die feingliedrigen Hände mit den roten Krallen sah. Seine Übelkeit verflog ein wenig, als ihm bewusst wurde, dass die Neue einen Musikschnitt ohne zu Zögern und völlig korrekt gesetzt hatte. An einem alten Gerät. In anderen Studios in anderen Ländern wurde längst digital geschnitten. Frischlinge arbeiteten mit Mäusen und Reglern, längst nicht mehr mit den Händen. Eberhard war verwirrt und verblüfft.

Als sie ihm mit einem freundlichen Lächeln den vermeintlich fertigen Spot vorspielte, unterdrückte er den Impuls, sie zu fragen, woher sie kam und wo sie Schneiden gelernt hatte. Stattdessen stand er auf, spulte das Band zurück und sagte: „Die Männerstimme klingt zu hart im Vergleich zur Frau. Ich werde den Spot heute neu sprechen lassen. Sie können ihn morgen abholen."

Am darauffolgenden Sonntag radelte Eberhardt Klein an den Rhein. Hinter Rodenkirchen gab es eine Stelle am Ufer, die noch nicht zugebaut war. Zu seiner Linken sah er die gepflegten Häuser und Villen Rodenkirchens. Rechts, wenn auch viel weiter weg, stand abseits ein gigantisches Hochhaus. Klein schlug seinen Mantelkragen hoch. Es war sonnig, aber doch schon sehr kalt geworden.

Klein setzte sich auf eine Bank beim Spielplatz und sah den wenigen Kindern zu, die im Sandkasten wühlten. Viele Sonntage hatte er hier gesessen und nachgedacht. Von den Müttern der Kleinen war er argwöhnisch beobachtet worden. Die Angst vor Kinderschändern saß tief.

Eberhardt zog seinen Mantelkragen noch enger. Die frische Luft tat ihm gut. Vielleicht war es auch die Bewegung, das Fahrradfahren, aber egal, ihm war wenigstens nicht schlecht.

Sechs Tage waren nun vergangen, als Ellie, die Schneiderin, wie er sie nannte, zum ersten Mal in das Studio 368 gekommen war. Und danach kam sie wieder. Natürlich kam sie wieder. Das war ihr Job. Unsicher war sie geworden, in seiner Nähe zurückhaltend. Eberhardt grinste grimmig. Gut so. Nur bei Bescheuert taute sie auf. Kicherte mit ihm, wenn er seine Bemerkungen machte: über ihre Figur, ihre Fingernägel, ihre Augen, ihren Mund, über alles. Manchmal konnte er seine feisten Hände nicht mehr bei sich behalten. Sie wehrte ihn dann zwar ab, aber lange nicht ernsthaft genug, wie es für einen Hans-Peter Scheuer nötig gewesen wäre. Sie kannte ihn eben nicht.

Aber er, Eberhardt, kannte ihn. Nichts würde ihn bremsen, wenn sie so weiter machte. Selbst schuld wäre sie. Einem Mann wie Scheuer musste man in die Fresse schlagen, bevor er sie aufmachte.

Doch Klein wusste, dass er das selbst nicht tat. Unwillkürlich wickelte er sich noch fester in seinen Mantel. Das Studio 368 lebte von Eberhardts Spotproduktionen. Produktionen, die Scheuer niemals machen könnte. Eberhardt wusste das, Atlas & Partner wussten das und Scheuer wusste es natürlich auch. Aber Scheuer war der Studiobesitzer und Eberhardts Arbeitgeber.

Mit seinen Fähigkeiten hätte Eberhardt ein eigenes Studio eröffnen und vermutlich auch viele Kunden seines jetzigen Arbeitgebers übernehmen können. Aber er hatte nicht die finanziellen Möglichkeiten, sich selbständig zu machen. Er würde einen Bankkredit brauchen. Wer würde ihm einen geben? Die Studioausstattungen waren teuer, hatten jedoch nur einen geringen Wiederverkaufswert. Sie galten vermutlich nicht als Sicherheiten. Zudem war Eberhardt kein Deutscher. Er stammte aus Österreich. Ein Wiener in Köln – sehr verdächtig.

Eberhardt hob den Blick rechtzeitig, um eine Person zu entdecken, die zielbewusst gegen den Wind stapfte, den Kopf gesenkt. Er erkannte den Regenmantel. Offensichtlich kam sie aus dem Hochhaus. Und hatte ausgerechnet an diesem Sonntag kein anderes Ziel als den Spielplatz am Rhein, seinen Spielplatz. Eberhardt geriet in Panik. „Soll sie doch kommen!", dachte er erst trotzig, stand dann aber doch auf, bestieg sein Fahrrad und radelte davon.

Schon am Dienstag eskalierte die Situation. Klein war in seinem Produktionsstudio beschäftigt. Er trug Kopfhörer und suchte nach Fehlern einer Aufnahme. Aus dem Augenwinkel sah er die Schneiderin mit Bescheuert im Vorraum debattieren. Rotlackierte Gesten gegen deixsches Grinsen. Worte, die ihn, Eberhardt, nicht erreichten. Er war geschützt. Nicht vor Blicken allerdings: Durch die Glasscheibe, die beide Räume trennte, konnte er sehen und gesehen werden.

Und er sah ihren hilfesuchenden Blick, als Hans-Peter Scheuer sich vor seinem Schreibtisch aufbaute. Er sah, wie Bescheuert auf sie zuging, jetzt ebenfalls wild gestikulierend, aber nicht aggressiv. Eher beschwörend, auf Einsichten appellierend.

Was sollte die Wiegant einsehen? Die Wilms AG hatte den Spot bereits abgenommen. Ein Folgeauftrag? Egal. Klein gab sich der Musik hin, die ihm vom Kopfhörer direkt in das Hirn trällerte. Die Streicher waren zu leise. Wer könnte das beurteilen, wenn nicht er?

Das Gerangel nahm er lange nicht wahr. Mit dem Einsatz der Singstimmen setzten auch seine Magenschmerzen wieder ein. Die Übelkeit benebelte ihn wie der Gesang, den er hörte. Ein wildes Stakkato, ein Aufschrei, das Ende. Fast perfekt. Befriedigt nahm Eberhardt den Kopfhörer ab. Erst dann nahm er die Frau wahr, die, eine blutige Schere in der Hand, immer noch schrie.

Dieser Schrei durchdrang die Scheibe und mit ihr seine Lethargie. Mit ungewohnter Lebhaftigkeit sprang Eberhardt Klein auf, rannte zur Tür, öffnete sie und fing Eleonora Wiegant auf.

Klein und zierlich, wie sie war, hatte sie sich einfach in seine ausgestreckten Arme fallen lassen und starrte weinend auf die Schere in ihrer Hand. Hans-Peter Scheuer lag auf dem Boden wie ein fetter Käfer. Unter ihm breitete sich eine Blutlache aus.

Bis zu diesem Moment hatte Eberhardt ganz automatisch reagiert. Jetzt, nachdem ihm dämmerte, was noch vor wenigen Sekunden hier geschehen sein musste, wurde ihm die Frau in seinen Armen schwer. Er wusste weder, was er sagen, noch was er tun sollte, registrierte aber die Wärme, die von ihrem Körper ausging. Ihr Schluchzen fuhr ihm tief in seine eigenen Eingeweide und er begann ebenfalls zu weinen. Unbeholfen versuchte er gleichzeitig, sie zu trösten, indem er sie mit einer Hand weiter festhielt und ihr mit der anderen über die Haare strich. Dabei murmelte er Worte, die er selbst vor langen Jahren gehört hatte, und die ihn als Kind immer beruhigt hatten: „Alles wird gut, Elli, ich bin ja bei dir. Alles wird gut."

FREUNDINNEN

Ostern 2020, 1. Lockdown

Elke rief bei Felicitas an, als ob nichts gewesen wäre. „Lust auf eine Runde Luchspfad?", fragte sie.

Felicitas war verblüfft. Sie hatte von ihrer Freundin schon eine gefühlte Ewigkeit nichts mehr gehört. Der Grund war männlich und hieß Walter. Aber vielleicht, dachte Felicitas, hat sich Elke mit der Situation abgefunden und dies war ein Friedensangebot. Bei einer Wanderung durch den wunderschönen Luchspfad im Schwarzwälder Nationalpark könnten sie aus Rivalinnen durchaus wieder zu Freundinnen werden.

„Gerne", antwortete sie daher herzlich. „Aber dürfen wir das überhaupt? Selbst wenn dich das Labor tatsächlich gehen ließe, was ich mir derzeit kaum vorstellen kann, wäre da aber noch die Ansteckungsgefahr ..."

„Es ist nicht verboten, zu zweit spazieren zu gehen." Elke lachte kurz auf. „Das wäre ja noch schöner. Wir könnten uns am Parkplatz Plättig treffen und beim Laufen Abstand halten. Es darf aber auch der Wildnispfad sein, wenn dir das lieber ist."

„Luchspfad ist schon okay", sagte Felicitas, „insbesondere, wenn da mal keine Kinder sind." Sie lachte. „Was ist mit dem Labor?", hakte sie ernsthaft nach. „Sucht ihr derzeit nicht fieberhaft nach einem Impfstoff?"

„Die kommen schon mal einen Tag ohne mich aus", versicherte Elke. „Was ist mit dir? Du bist vermutlich freigestellt, oder?"

„Ja, mit ein wenig Homeoffice", antwortete Felicitas, die für einen Verlag arbeitete.

Die beiden Frauen verabredeten sich für den Freitagmittag nach Ostern. Dann versicherten sie sich gegenseitig, dass es ihnen gut ginge, dass sie ausreichend Bücher und Filme hätten, um die Feiertage zu überstehen und schlossen das Telefonat mit den seit Corona obligatorischen Abschiedsfloskeln „Bleib gesund" und „Ja, du auch!"

Das ging ja einfach, dachte Elke, während sie den Hörer auflegte. Das hätte ich gar nicht gedacht. Für wie blöd hält die mich? Dann reichte sie für den 17. April ein Urlaubsgesuch ein.

Dr. Matz Markgraf, Elkes Vorgesetzter, wollte es nur ungern unterschreiben. In der Forschungsabteilung der Freiburger Pharmafirma wurden derzeit alle wissenschaftlichen Mitarbeiter gebraucht. Jede Forschungseinrichtung und jede Arzneimittelfirma im Land wollte den Wettlauf um den Corona-Impfstoff gewinnen, aber bislang hatten sie nur – Viren.

Andererseits hatten Elke und ihre Kollegen in den letzten Tagen und Wochen bereits viel geleistet.

Alle standen unter Druck, und Markgraf wollte nicht, dass sie zusammenbrachen. Ihm war aber nicht klar, was seine Mitarbeiterin mit diesem Tag Urlaub anfangen wollte. So schnell nach Ostern würde vermutlich weder das Ausgeh- noch das Reiseverbot gelockert werden.

Als Elke sah, dass Markgraf zögerte, kam sie ihm entgegen: „Es ist der Todestag meiner Mutter", behauptete sie, „ich will nur auf den Friedhof, sie besuchen. Wäre es okay, wenn ich bis elf Uhr arbeite und mich dann verdrücke?"

Markgraf nickte. „Dazu brauchst du keinen Urlaubsantrag", meinte er schließlich. „Du kannst ja deine Überstunden abbummeln."

***

Als Elke an jenem Freitag nach Ostern frühmorgens in den Reinraum ging und sich an ihre mikrobiologische Sicherheitswerkbank der Klasse III setzte, hatte sie ein Aerosolspray in der Tasche. Mit behandschuhten Händen zog sie es heraus und drückte ein paar Hübe des Inhalts in die Luft. Dann schleuste sie das Spray in ihren Arbeitsbereich. Schließlich zog sie ihre Handschuhe aus, um stattdessen in die fest eingebauten Handschuhe ihrer Werkbank zu schlüpfen.

Mit dem Geschick der jahrelangen Praxis entnahm sie mit einer Pipette etwas von der rötlichen Nährlösung, in der sie das neue Virus lagerten, und füllte es in eine Spritze. Dann nahm sie den Behälter des Aerosolsprays auseinander, fädelte die Nadel der Spritze in das winzige Austrittsröhrchen und entleerte den Inhalt in den Aerosoltank. Vorsichtig setzte sie den Behälter wieder zusammen, besprühte ihn mit Desinfektionsspray und legte ihn zum Trocknen an den Rand der Werkbank. Die Spritze kam in einen Einwegbehälter, den Elke als infektiösen Abfall kennzeichnete und in den dafür vorgesehenen Eimer versenkte.

Wäre Elke nicht alleine im Reinraum gewesen, hätte vielleicht jemand bemerkt, dass sie mit zusammengepressten Lippen verbissen und angestrengt arbeitete und vielleicht hätte die fleckige Röte ihres Gesichts verraten, wie schnell ihr Herz gegen die Rippen hämmerte, während ihre Hände bedächtig und ruhig das Spray aus der Werkbank schleusten. Elke steckte den Aerosolbehälter zurück in den Originalverkaufskarton, den sie so schließen konnte, dass es den Anschein hatte, als wäre er niemals geöffnet worden. Sie ließ ihn in ihre Handtasche gleiten, bevor sie sich ihrer eigentlichen Arbeit widmete.

***

Elke und Felicitas hatten sich um die Jahrtausendwende bei einer Singleparty in Freiburg kennengelernt. Beide wurden an diesem Abend nicht fündig, was besonders Felicitas frustrierte, die eigens aus Baden-Baden angereist war. Sie hatte sich betont sexy angezogen und den riesigen Aufkleber mit der Nummer 79, den man ihr an der Eingangskasse überreicht hatte, direkt über ihre linke Brust geklebt. Vier Stunden und ein paar vergebliche Flirtversuche später studierte sie die Nachrichten, die an einer großen Tafel im Eingangsbereich des Clubs hingen. Sie waren für die ganz Schüchternen gedacht, die sich nicht getraut hatten, ihre jeweilige Traumfrau anzusprechen und die ihr nun diskret eine Nachricht hinterlassen wollten. „Nachricht an 93!", las Felicitas, „Du bist der Hammer! Bitte melde dich!" Danach hatte der Absender, die Nummer 42, eine Emailadresse angegeben.

So eine Nachricht würde ihr jetzt auch gefallen, dachte Felicitas, aber niemand hatte etwas für die 79 hinterlassen. Auch beim zweiten Mal Drüberschauen nicht.

„Na, nichts dabei?", wurde Felicitas plötzlich von einer großen, dunkelhaarigen Frau gefragt, die in ihrem schwarzen Hosenanzug furchteinflößend schick aussah.

„Nein." Felicitas versuchte ein Lächeln, aber die Enttäuschung schwang mit.

„Für mich war heute auch nichts dabei", sagte die Fremde munter. „Kein Grund, Trübsal zu blasen. Ich kenne noch eine nette Bar um die Ecke. Hast du Lust, mitzugehen?"

So lernte Felicitas Winterhalter, die in einem Baden-Badener Zeitschriftenverlag die Ratgeberseiten betreute, die Freiburger Biologin Dr. Elke Spaich kennen. Die beiden hatten außer ihrer Suche nach einem Partner wenig gemeinsam. Während Elke kräftig, laut und selbstbewusst war, wirkte Felicitas blass, verhuscht und kränklich. Eine Rheumatoide Arthritis zwang sie dazu, Immunsuppressiva einzunehmen, was einerseits ihrem schweren allergischen Asthma zugutekam, aber gleichzeitig bedeutete, dass sie aus Angst vor Infekten selten das Haus verließ.

Die Bekanntschaft mit der extrovertierten Elke tat ihr gut, daher hielten die Frauen den Kontakt, indem sie häufig telefonierten, Tipps zum Online-Dating austauschten und sich zu Singlepartys und Speed-Datings verabredeten. Dass sie dort als Freundinnen auftraten, nahm den Aktionen den Ernst und die Not. Wenn Felicitas an einem solchen Abend nicht fündig wurde, war das nur noch ein geringfügiges Manko.

Manchmal aber hatte eine von ihnen einen Interessenten an der Angel. Dann wünschte ihr die andere „Viel Spaß!", und ließ sie ziehen. Spätestens am nächsten Morgen tauschten sich die Frauen über die Fangdetails aus. Manchmal war der Funke übergesprungen und die jeweils andere zog sich in den kommenden Wochen und Monaten zurück, oder der Abend war letztendlich doch enttäuschend verlaufen und wurde im

Nachhinein durch ein wenig Anglerlatein verschönert. Aber insgesamt blieben die beiden Frauen, was sie waren, als sie sich kennenlernten: Singles mit gelegentlichen Unterbrechungen, ständig auf der Suche nach der großen, allumfassenden, endgültigen, letzten Liebe.

Sie waren schon Anfang Fünfzig, als sie Walter kennenlernten. Neben der attraktiven, lebhaften Elke hatte Felicitas zunächst keine Chance. Aber als Walter einen zweiten Blick auf sie riskierte, scheute sich Felicitas nicht, alle Register zu ziehen. Das war Elke gegenüber vielleicht nicht fair, aber wie heißt es so schön: Im Krieg und in der Liebe ist alles erlaubt!

***

Elke fuhr auf den Parkplatz Plättig. Felicitas wartete neben ihrem kleinen Golf, das Gesicht halb durch einen selbstgenähten Mund-Nasenschutz verdeckt.

„Gut, dass du so vorsichtig bist", sagte Elke zur Begrüßung. „Ich komme auch besser nicht näher. Aber ich habe dir etwas mitgebracht." Sie griff in die Tasche ihres Anoraks und legte eine kleine Faltschachtel auf Felicitas Wagen: „Meine Firma hat ein neues Asthmaspray herausgebracht. Indikation allergisches Asthma. Ich habe hier ein Muster für dich. Vielleicht hilft es ja."

„Oh, danke", sagte Felicitas überrascht und griff danach. Sie musterte das Produkt und murmelte: „Breath easy. Zur Linderung allergischer …"

„Komm, das kannst du später noch in Ruhe lesen", unterbrach sie Elke. „Jetzt atmen wir erst einmal gehörig frische Luft!"

Schon stapfte sie in die Richtung des leerstehenden Plättighotels. Nach ein paar Metern drehte Elke sich um und sah, dass Felicitas nicht Schritt gehalten hatte. Na, das kann ja heiter werden, dachte sie, lächelte aber freundlich. „Weißt du was, wir treffen uns an der Antoniuskapelle."

Felicitas nickte, während sie das Spray in ihren Rucksack steckte und ihn schulterte. Sie war schon lange nicht mehr draußen gewesen. Alleine mochte sie nicht spazieren gehen und der wöchentliche Einkauf kam ihr immer wie ein Spießrutenlauf vor. Wenn man von den gelegentlichen Skype-Konferenzen mit ihrer Redaktion absah, hatte sie auch seit Wochen niemanden mehr gesehen. Noch nicht einmal Walter. Kein Wunder, dass sie sich so über die Aussicht gefreut hatte, mit Elke ein wenig wandern zu gehen. Felicitas folgte ihr bedächtig, noch immer die Schutzmaske vor Mund und Nase. Doch schon die wenigen Meter in Richtung B 500 schnürten ihr die Luft ab. Entnervt zog sie die Maske vom Gesicht und atmete so tief ein, wie es ihre asthmatische Lunge zuließ.

Elke war mit großen Schritten vorausgegangen und hatte bereits die Bundesstraße überquert. Jetzt lief sie auf das ehemalige Hotel Plättig zu. Eine internationale Investorengruppe aus Kasachstan hatte das Gebäude vor einigen Jahren gekauft und wollte es mit dem Schlosshotel Bühlerhöhe neu eröffnen. Über fünfzig litauische Arbeiter waren damals eingezogen, die mit den Renovierungsarbeiten betraut waren. Aber plötzlich waren die Arbeiter wieder verschwunden und die ehemaligen Höhenhotels blieben verwaist und verschlossen zurück. Vielleicht, dachte Elke im Vorbeimarsch, werden das einmal Behelfskrankenhäuser für Corona-Patienten.

Der breite Schotterweg führte sie nun links am Plättig vorbei in Richtung Wald. Jetzt machte auch ihr der Anstieg zu schaffen. Zwar war sie noch immer mit großen Schritten unterwegs, aber die Luft wurde ihr knapp. Sie hatte nicht mehr trainiert, seit ihr Fitnessstudio geschlossen worden war. Wie schnell man seine Kondition verlieren kann, dachte Elke verwundert und erinnerte sich mit Schaudern an die vergangenen Wochen, die sie hauptsächlich bei Kunstlicht im Labor vor ihrer Werkbank verbracht hatte.

Jetzt ging ein kleiner Pfad links zur St.-Antonius-Kapelle, wo sich Elke auf einen Stein setzte und verschnaufte. Das Wetter war fantastisch für die Jahreszeit: sonnig, aber noch nicht allzu warm. Es waren auch nur wenige Menschen unterwegs, aber immer noch mehr, als Elke gedacht hätte.

Wenige Minuten später tauchte Felicitas auf, die im Gegensatz zu Elke mit ihren Kräften gehaushaltet hatte und jetzt scheinbar mühelos auf Elke zukam. „Was für ein toller Tag", sagte sie. „Danke, dass du diese Idee hattest. Ich bin schon seit Wochen nicht mehr draußen gewesen!"

„Auch nicht mit Walter?", wollte Elke fragen, aber es war noch zu früh, einen Streit vom Zaun zu brechen. „Ich auch nicht", sagte sie stattdessen.

Sie genoss den kurzen, aber wendungsreichen Weg von der kleinen Kirche zur Informationshütte des Nationalparks Schwarzwald, wo der knapp fünf Kilometer lange Luchspfad offiziell begann. Es ging auf feuchtem Moosboden über Stock und Stein durch dichten Nadelwald.

Felicitas hatte nichts dagegen, dass Elke wieder voraus lief, zumal sie jetzt viel langsamer war, fast ein wenig unsicher, wie Felicitas nicht ohne Schadenfreude bemerkte. Sie trugen beide Wanderstiefel, aber an manchen Stellen war der Boden rutschig und Elke wirkte mit ihren großen, schweren Knochen ungelenk. Das war Felicitas zuvor niemals aufgefallen.

An der Informationshütte schauten sich die beiden Frauen nur kurz um, dann starteten sie ihren Ausflug in den Nationalpark, wo sich die Natur in den letzten Jahren frei entfalten konnte. Luchse gab es im ganzen Schwarzwald nicht, aber auf diesem Pfad sollten die Wanderer so tun, als wären sie selbst Luchse. Verschiedene Schautafeln brachten ihnen das Leben der Tiere näher und wer Lust hatte, konnte klettern, schleichen und sich verstecken wie ein Luchs. Der Weg führte abwechselnd durch dichte Nadelgehölze, über mit Büschen gesäumte Lichtungen und durch lockere Mischwaldgebiete.

Der Anstieg über den dicht verwurzelten Boden war schwerer, als Elke ihn in Erinnerung hatte. Sie verfluchte ihre Schuhgröße zweiundvierzig, weil sie mit ihren Boots nicht in das weiche Grün zwischen die Wurzeln treten konnte, sondern immer wieder an deren Ausläufern abrutschte. Felicitas, die viel kleiner und zierlicher war, überholte sie nach wenigen Metern mit federnder Leichtigkeit.

Bei den hohen Stein- oder Holztreppen war Elke wieder klar im Vorteil, aber die Stellen, an denen es auf Geschicklichkeit und Beweglichkeit ankam, überwogen. Kaum eine Viertelstunde, nachdem sie ihren Weg angetreten hatten, sprang Felicitas leichtfüßig voraus und Elke stapfte ihr schwitzend und keuchend hinterher.

Sie überholten eine vierköpfige Familie, die sich in die Büsche drückte, um ihnen den größtmöglichen Abstand zu gewähren. Es war der erste Lockdown und noch wusste kaum jemand etwas

Genaues über das neue Virus. Die Furcht vor Ansteckung war groß. Felicitas hatte sich schon beim Anblick der Familie ihre Schutzmaske über Mund und Nase gezogen und wandte sich ab, während sie mit dem Rücken an dem Paar mit den beiden Kindern vorbeilief. Nur nichts riskieren, dachte sie, Kinder sind wahre Virenschleudern und haben womöglich selbst kaum Symptome.

Ein gutes Stück Weg später hielt Felicitas an einer Anhöhe, um sich einen umgestürzten Baum näher zu betrachten. Es war eine Rotbuche, deren über drei Meter breiter, aber flacher Wurzelballen hoch in die Luft ragte, während ihr Stamm nach unten in eine Böschung gezogen wurde. Die Äste und Zweige der Buche waren längst ohne Blätter, aber das Feinwurzelgeflecht hielt ihren Stamm unerbittlich fest. Es war ein faszinierender Anblick, zumal es an dieser Stelle hunderte von Metern in die Tiefe ging. Felicitas umrundete die Wurzel und balancierte dabei vorsichtig am Abgrund entlang. Elke hingegen hielt gebührenden Abstand. Hier konnte ein falscher Schritt mit ihren riesigen Füßen gefährlich werden.

Aber auch sie fand das Plätzchen idyllisch und den Duft der feuchten Wurzelerde unwiderstehlich. Die beiden Frauen beschlossen, sich auf das kleine Plateau neben dem gewaltigen Wurzelballen zu setzen und dort ihr Vesper auszupacken.

Felicitas entnahm ihrem ledernen Rucksack, der so klein und zierlich war wie sie selbst, eine kleine Flasche Wasser, eine trockene Brezel und einen Apfel. Elke fischte aus ihrem Bauchgurt eine nur halb gefüllte, faltbare Trinkflasche und einen Eiweißriegel. Während sie die Flasche öffnete, fragte sie scheinbar beiläufig: „Wie kam das eigentlich ... mit dir und Walter?"

Felicitas hatte gerade in ihre Brezel gebissen, was ihr ein paar Sekunden Zeit gab, bevor sie auf diese Frage antworten musste. Sie kaute zu Ende und nahm dann einen Schluck Wasser, wobei Elke sie ungeduldig anstarrte.

„Er hat mich angerufen", sagte Felicitas schließlich noch im Schlucken und hustete.

„Er hat dich einfach so angerufen?", fragte Elke und versuchte, sich ihr Misstrauen nicht anhören zu lassen. Bleib freundlich, dachte sie, sie darf auf keinen Fall Verdacht schöpfen. Bleib locker. Sportlich.

„Eigentlich hatte er dich sprechen wollen", erzählte Felicitas und knabberte ein wenig an ihrem Apfel. „Er hatte dich nicht erreichen können und wollte wissen, ob du bei mir bist."

„Woher hatte er denn deine Nummer?", fragte Elke nun ehrlich verwundert.

„Weißt du nicht mehr?" Felicitas lachte. „Wir hatten ihn an dem Abend, als wir ihn kennenlernten, beide unsere Telefonnummer gegeben. Er sollte selbst entscheiden, wen er anruft."

„Und er hatte mich angerufen!" Der Triumpf, der in ihren Worten mitschwang, war nun doch nicht zu überhören. Aber Felicitas hatte nicht vor, sich ihre Beute streitig machen zu lassen. „Ja, zunächst", konterte sie.

„Was willst du damit sagen?", fragte Elke und konnte nicht verhindern, dass ihre Augen blitzten.

„Walter hat an diesem Abend bei mir angerufen, weil er dich nicht erreichen konnte", wiederholte sie und ließ dann die Bombe platzen. „Er hoffte, du wärst bei mir, aber er befürchtete, du wärst bei einem anderen Mann."

„Was?" Elke riss die Augen auf. Sie konnte es nicht fassen. „Er dachte, ich …"

„Bist du etwa nicht?", fragte Felicitas zuckersüß zurück.

„Nein!", schrie Elke empört auf.

In diesem Moment tauchte die vierköpfige Familie wieder auf, die nun ihrerseits die beiden Frauen überholen wollte. Elke und Felicitas mussten zurückweichen und rutschten dabei ein Stück in Richtung Abhang, um Platz zu machen. Dabei drehte Felicitas ihr Gesicht wieder so weit von der Familie weg, wie sie konnte und wandte sich erst wieder um, als das Ehepaar mit seinen Kindern in sicherer Entfernung war.

Sofort nahm Elke das Streitgespräch wieder auf. „Mit wem hätte ich Walter denn betrügen sollen?", fragte sie empört und verzweifelt.

„Das weiß doch ich nicht", antwortete Felicitas mit einem Anflug jener Überheblichkeit, den Sieger gerne haben. „Aber wäre das denn wirklich so weit hergeholt? Soweit ich mich erinnere, hast du es mit der Treue ja noch nie so genau genommen."

Elke starrte ihre Widersacherin wütend an, aber dann verstand sie. Sie war Wissenschaftlerin und von einem Moment auf den anderen erfüllte sie die gleiche Ruhe und Gelassenheit, die sie immer erfasste, wenn sie ein Rätsel erst einmal gelöst hatte. Plötzlich war ihr alles klar. Walter hatte sich an Felicitas gewandt, um sie auszuhorchen. Er hatte befürchtet, Elke könne ihm untreu sein und statt ihn zu beruhigen, hatte Felicitas Salz in die Wunden gestreut. Wie weit sie dabei wohl gegangen war? Unwichtig. Das Ergebnis zählte. Felicitas hatte Walters Verdacht genährt und ihn dann getröstet. Es war der älteste Trick der Welt.

„Was bist du doch für ein mieses Stück Scheiße", murmelte Elke und versuchte, aufzustehen. Dabei kämpfte sie mit ihren Füßen und den Beinen, von denen das linke eingeschlafen war. Unsicher schwankend drückte sie sich in die Hocke.

„Elke, hör doch", sagte Felicitas und legte in diesem Moment ihre Hand auf Elkes Schulter, um sie zurückzuhalten. Sie wollte einlenken, ihr noch etwas sagen und sich erklären, aber der Zug ihrer Hand brachte Elkes massigen, ungelenken Körper aus dem Gleichgewicht. Die Wissenschaftlerin kippte mit dem Rücken nach hinten, wo sie über den Abhang nach unten rutschte und fiel. Felicitas wollte noch ihre Füße packen, war aber nicht schnell genug. Hilflos sah sie mit an, wie Elkes Körper durch das Geäst brach und mit einem dumpfen Knall irgendwo aufkam, weiterrollte und wieder irgendwo aufschlug.

In Felicitas Kopf rauschte Blut. Sie legte sich flach auf den Boden und spähte über den Abgrund, wobei sie sich rechts und links am Wurzelwerk festhielt. Sie konnte jedoch nichts ausmachen, keinen Körper, keine Bewegung. Sie sah nur Tiefe. Selbst wenn Elke geschrien haben sollte, so hatte Felicitas es nicht gehört. Komisch, dachte sie, während ihr Herzschlag sich beruhigte. Jetzt ist sie weg. Als wäre sie nie dagewesen.

Was nun? Sollte sie den Luchspfad weiterlaufen, als wäre nichts geschehen? Ja, dachte sie im ersten Moment, aber dann dachte sie an die Familie, der sie sicherlich wiederbegegnen würde und die sich dann vielleicht fragte, was aus ihrer Begleiterin geworden ist.

Sie würde den gleichen Weg zurückgehen, den sie gekommen war. Ihr war klar, dass das recht ungewöhnlich war, denn der Luchspfad war ein angelegter Rundweg. Möglicherweise würde sie von anderen Wanderern böse Blicke ernten, wenn sie ihnen entgegenkam. Aber das machte nichts. Es waren ja nicht viele Menschen unterwegs und sie hatte ja noch ihren Mundschutz!

Langsam richtete sich Felicitas auf. Es war ein Unfall, dachte sie, du kannst ebenso gut zur Polizei gehen. Man würde ihr glauben, ganz bestimmt. Sie war ja ein unbescholtenes Blatt. Aber Walter? Was würde Walter denken? Ihre Beziehung war ohnehin schon durch die Ausgangssperre der vergangenen Wochen gefährdet. Was würde er von ihr halten, wenn er erführe, dass sie sich ausgerechnet mit Elke in dieser Zeit getroffen hatte, angeblich um zu wandern. Selbst wenn er ihr den Unfall abkaufen würde, ein Gran Zweifel wäre immer dabei. Das konnte sie nicht riskieren!

Wer wusste, dass sie heute mit Elke hier gewesen war? Felicitas hatte es niemandem gesagt. Und Elke? Hatte sie es jemanden erzählt? Und wenn, dachte sich Felicitas, dieses Risiko musste sie eingehen.

Mit diesen Gedanken hastete Felicitas, die Atemschutzmaske bis dicht unter die Augen gezogen, den Luchspfad zurück. Statt hinauf ging es nun die meiste Zeit hinunter, was gefährlicher und daher anstrengender war als der Hinweg. Unter ihrer dicken Stoffmaske bekam Felicitas kaum Luft, aber sie konnte sie nicht absetzen, denn mittlerweile war der Luchspfad gut besucht. Mütter nutzten das schöne Wetter, um hier ihre Kinder mit Kletteraktionen zu beschäftigen. Felicitas ging ihnen aus dem Weg, so gut sie konnte.

Als sie die Antoniuskapelle erreichte, war sie bereits völlig verschwitzt und außer Atem. Mehr noch: Sie drohte zu hyperventilieren. Dennoch hastete sie weiter. Der Schotterweg, der sie wieder hinunter zum Plättighotel bringen sollte, war mittlerweile vom Wind und der Sonne so ausgetrocknet, dass sich die Schottersteinchen leicht vom Untergrund lösten und Felicitas zum Rutschen brachten. Beinahe wäre sie gefallen, aber im letzten Moment fing sie sich wieder. Ihr Herz begann zu rasen und der Schreck löste sofort einen Asthmaanfall aus.

Felicitas keuchte und zog sich die Maske vom Gesicht, aber das war nicht genug. Sie ließ sich neben den Weg ins Gras fallen und rang um Atem. Was hatte sie dabei, überlegte sie fieberhaft, hatte sie überhaupt etwas dabei? Natürlich! Sie hatte immer etwas dabei, es muss im Rucksack sein, sie hatte bestimmt daran gedacht. Mit flinken Fingern durchforstete sie ihren Rucksack, bis ihr das Spray in die Hände fiel, das Elke ihr vor mehr als zwei Stunden überreicht hatte. Breath easy, erinnerte sie sich, und schon flog der Umkarton in die

Luft, so eilig hatte sie es, den Inhalator an ihren Mund zu setzen und einzuatmen. Ein Hub, zwei Hübe, ein tiefer Atemzug. Felicitas kam zur Ruhe.

Wie erschöpft sie war! Am liebsten wäre Felicitas noch eine Weile liegengeblieben, aber dann musste sie an die vierköpfige Familie denken. Langsam richtete sie sich auf. Bis zu ihrem Auto waren es schließlich nur noch etwa zweihundert Meter.

Sie war schon fast in der Nähe der Bundesstraße, als ihr ein Pärchen entgegenkam, das fröhlich miteinander plauderte. Sofort zog sich Felicitas die Atemschutzmaske wieder über ihr Gesicht. Jetzt bloß nicht auf den letzten Meter noch ein paar Zeugen! Und auch bitte kein Covid-19, dachte sie, das wäre nun wirklich unfair.

GRUBERS TOCHTER

„Ich wollte ihn eigentlich nie als Schwiegersohn", begann Ludwig Gruber stockend, nachdem er sich im Vernehmungszimmer auf einem Stuhl niedergelassen hatte. Er seufzte und sah Kriminaloberkommissar Weißenbacher um Verständnis bittend an. „Aber ich wollte auch nicht so einer sein, der jemanden nach dem Aussehen oder nach seiner Herkunft beurteilt. Mein Everl war erst so glücklich mit ihm, warum also nicht, die Leute redeten eh schon …"

Bei den letzten Worten hatte Gruber den Kopf gesenkt und das Gesicht in seine Hände vergraben. Er schniefte.

„Möchten Sie vielleicht ein Glas Wasser?", fragte Michael Weißenbacher sanft, aber Gruber schien es nicht zu hören. Der Kommissar wartete noch einen Moment, bevor er seine Frage wiederholte. Erst dann drang aus den geschlossenen Händen Grubers ein leises „Nein, danke."

Michael Weißenbacher holte tief Luft. Solche Zeugenvernehmungen lagen ihm gar nicht. Ihm wäre wohler gewesen, wenn seine Kollegin Franzi an seiner Seite gesessen hätte. Doch Franziska Obermüller war gerade in der Klinik Bogen, wo sie viel dringender gebraucht wurde. Sie sollte Grubers Tochter befragen und wartete dort auf den Moment, an dem sie wieder ansprechbar wäre.

Den Täter hatten sie. Jetzt ging es nur noch darum, die Tat zu rekonstruieren und die Haftanklage wasserdicht zu formulieren.

„Lassen Sie uns erst den formellen Teil erledigen, Herr Gruber", begann Weißenbacher und räusperte sich. „Wenn Sie damit einverstanden sind, schalte ich jetzt dieses Aufnahmegerät ein." Der Kommissar drückte den Knopf, ohne eine Antwort abzuwarten. „Ihr Name ist Ludwig Gruber, geboren am …" Er schlug die Akte auf und las vor: „23. September 1957, wohnhaft in der Bayerwaldstr. 47, 94360 Mitterfels. Ist das korrekt?"

Gruber hatte noch immer den Kopf gesenkt, daher konnte der Kommissar nicht erkennen, ob er vielleicht sogar weinte. Der Mann tat ihm leid. Er hatte die Katastrophe anscheinend kommen sehen, war aber nicht stark genug gewesen, sie aufzuhalten. Weißenbacher hatte selbst zwei Kinder. Seit der Geburt seines ältesten Sohnes fürchtete er sich vor dem Moment, an dem jemand an seine Tür klopfen und sagen würde: „Jetzt ist es passiert. Das Kind ist im Brunnen – und du bist schuld. Du hast nicht aufgepasst!" Da spielte es keine Rolle, ob das Kind überlebt hätte oder nicht, er würde sich immer vorwerfen, den Brunnen nicht rechtzeitig zubetoniert zu haben.

Als hätte er seine Gedanken gelesen, hob Gruber jetzt den Kopf und fragte: „Wie geht es meiner Tochter? Haben Sie etwas gehört?"

Weißenbacher schüttelte den Kopf. „Noch nicht. Meine Kollegin ist im Krankenhaus. Sobald ich von ihr Nachricht habe, gebe ich Ihnen Bescheid."

„Ich wäre gerne bei ihr …"

„Natürlich", nickte Weißenbacher. „Aber sie wurde bis eben operiert und war bislang noch nicht ansprechbar. Sobald sie wach ist, wird sie Sie brauchen. Lassen Sie uns die Zeit nutzen und über Ihre Tochter, deren Mann und den heutigen Morgen sprechen. Wir wollen Ihren Schwiegersohn ja mit hieb- und stichfesten Beweisen anklagen können." Kaum ausgesprochen, hätte sich der Kommissar am liebsten selbst auf die Zunge gebissen. Die Worte „hieb- und stichfest" hätte er sich nun wirklich schenken können. Doch Gruber schien nichts bemerkt zu haben. „Wo haben sich die beiden kennengelernt?", lenkte Weißenbacher ab.

„In der Diskothek. A 3, Schwarzach, glaube ich. Vielleicht auch im Stars in Straubing, aber da war die Evi nicht so häufig", antwortete Gruber nachdenklich.

„Und dann?"

„Mei", sagte Gruber und hob die Hände. „Sie war halt ganz verrückt nach ihm, von Anfang an! Sie hat ihn im Hotel Mondi besucht, so oft sie konnte. Da war er damals untergebracht."

Weißenbacher nickte erneut, schwieg aber. Manchmal erzählten die Zeugen mehr, wenn man sie nicht mit Fragen bedrängte.

„Er war wohl auch verliebt", gestand sich Gruber ein und machte dabei ein Gesicht, als wäre es ihm peinlich, das zuzugeben. „Als die Evi ihn mir vorstellte, machte er einen sehr gepflegten Eindruck. Er war höflich … gab sich zurückhaltend", versuchte Gruber mühsam sich zu erinnern. „Er sprach schon recht gut Deutsch, aber meistens haben sie sich auf Französisch unterhalten."

Es entstand eine Pause, dann fügte Gruber bitter hinzu: „Meine Evi war in Bogen auf dem Gymnasium." Wieder begann er zu schluchzen, dieses Mal zornig und ungehemmt.

Weißenbacher verstand die Wut, die sich gerade Bahn brach. Dafür also war sie auf dem Gymnasium gewesen, dachte er Grubers Ausführung zu Ende, um Französisch zu lernen, damit sie mit … Doch dann verbot er sich jeglichen weiteren Gedanken in diese Richtung. Weißenbacher wollte objektiv bleiben, auch wenn es ihm schwerfiel.

„Anfangs waren die beiden also glücklich", fasste er daher zusammen. „Wie ging es weiter? Hatte Ihr Schwiegersohn Arbeit?"

Gruber holte tief Luft und schien sich wieder zu fassen: „Ja, zuerst schon. Er fand eine Stelle in der Küche im Steinburger Hof. Sie haben geheiratet, die zwei, und sind zu mir mit ins Haus gezogen. Wir hatten ein bisschen umgebaut, unten eine eigene Wohnung für die beiden und oben die Wohnung für mich. Früher war das mal eins, wissen Sie?"

Weißenbacher nickte. Er war am Vormittag vor Ort gewesen und hatte sich bereits einen Überblick verschaffen können. „Wie ging es weiter?", hakte er nach.

„Es ging eine ganze Weile gut, aber mir war nie wohl, wenn ich an die beiden dachte. Er wusste alles besser, machte alles mit sich ab, traf Entscheidungen alleine und wollte immer das Sagen haben. Dabei wäre es oft genug besser gewesen, er hätte sich helfen lassen! Sie haben ihn überall über den Tisch gezogen, ihm ein überteuertes Auto angedreht, am Telefon Abonnements verkauft … und wenn man ihm sagte, dass er Mist gebaut hat, wurde er wütend!"

Gruber schwieg für einen Moment. „Er wurde immer schnell wütend", fügte er leise und nachdenklich hinzu. „Mein Everl hat gar nicht mehr gewusst, wie sie ihm etwas sagen oder raten konnte, ohne dass er aus der Haut fuhr."

„Und auf der Arbeit?", wollte Weißenbacher wissen.

„Da war es nicht anders. Er konnte sich nicht einordnen, dabei war er nur Küchenhilfe!" Gruber schüttelte den Kopf. „Ich weiß nicht, ob etwas vorgefallen ist, aber man munkelt, er sei einmal sehr schnell mit dem Messer zur Hand gewesen, als es etwas auszudiskutieren gab. Aber da weiß ich nichts Genaues. Offiziell hat er sich nie etwas zuschulden kommen lassen."

Weißenbacher warf einen Blick in die Akte, die vor ihm lag. „Er ist nicht vorbestraft", bestätigte er die Aussage Grubers. „Warum hat man ihn dann entlassen?"

Gruber zuckte mit den Schultern. „Ich denke, weil es in einer Küche so einfach ist, sich ein Messer zu greifen. Es hieß, die Kollegen hätten Angst vor ihm."

„Und Ihre Tochter? Hatte sie auch Angst?"

„Nun ja, die Evi meinte, sie käme mit seinem cholerischen Charakter klar. So hat sie das genannt: ‚cholerischen Charakter'." Er lächelte bitter.

„Hat er sie geschlagen?"

„Keine Ahnung, ich habe es ja nicht mitbekommen und gesagt hat sie nichts, aber ich habe es vermutet, denn sie wurde immer verschlossener, abweisender. Vor allem mir gegenüber. Sie hätte das niemals zugegeben, denn das hätte bedeutet, dass ich mit all meinen Befürchtungen recht gehabt hatte."

Gruber presste seine Hände gegen den Schreibtisch, als könne er so seine Anspannung loswerden. „Als meine Rosemarie starb, da war das Everl noch ganz klein. Wir standen uns immer nahe, aber plötzlich war etwas zwischen uns. Er! Dieser Kerl! Sie ließ mich ihr auch nicht helfen. Aber als dann das Kind kam ..."

„Das Kind?", hakte Weißenbacher nach und blätterte erneut in seiner Akte.

„Lukas", beeilte sich Gruber zu erklären. „Er ist jetzt vier Jahre alt. Noch im Kindergarten. Er war nicht da, als ..." Gruber stockte erneut und schien wieder in sich zusammenzufallen, „als das geschah." Jetzt weinte er wirklich. „Ich muss ihn nachher abholen. Vom Kindergarten. Was soll ich ihm denn nur sagen?"

Weißenbacher antwortete nicht, gönnte dem Mann aber eine kurze Pause. „Was war, als das Kind kam?", nahm er schließlich den Faden wieder auf.

„Da war es erst einmal kurze Zeit besser ..." Grubers Stimme war nur noch ein Flüstern. „Wir dachten, so, jetzt ist er bei uns angekommen."

„Aber das war ein Trugschluss?"

Gruber antwortete nicht. Sein Blick wurde ausdruckslos und ging ins Leere. Er hat es tatsächlich kommen sehen, dachte Weißenbacher, er hat es kommen sehen, aber er hatte keine Ahnung, wie schlimm es werden würde. Das wird er sich nie verzeihen. Und seine Tochter ihm vielleicht auch nicht.

„So ein Kind macht viel Lärm", erklärte Gruber, als wäre das genug gesagt.

Die beiden Männer schwiegen.

„Dann ist die Evi ausgezogen. Stellen Sie sich das einmal vor! Aus meinem Haus, aus ihrem Elternhaus ist die Evi geflüchtet! Sie wollte sich scheiden lassen und er hätte ausziehen sollen, aber er ging und ging einfach nicht, und dann ist die Evi zu einer Freundin."

„Wann war das?"

„Vor etwa drei Wochen", antwortete Gruber. „Sie hatte sich seither nicht mehr blicken lassen. Bis heute Morgen. Da stand sie vor meiner Tür. ‚Papa, hilf mir', hat sie gesagt. ‚Ich hab noch ein paar Sachen in der Wohnung, die ich brauche, und ich trau mich nicht, sie zu holen.' Ich gehe mit, habe ich geantwortet, und dann sind wir nach unten gegangen und haben an die Tür unserer eigenen Wohnung geklopft wie Bittsteller. Erst tat sich gar nichts, aber dann ging die Tür mit einem Ruck auf und ehe ich mich versah, hat er mein Everl zu sich hereingezogen und mir die Tür vor der Nase zugeknallt. Ich meine, ich hätte ein Messer blitzen sehen und hab sie schreien hören, da habe ich gegen die Tür gehämmert, völlig idiotisch, aber ich

war so in Panik, doch dann bin ich nach oben ge-
laufen und hab die 110 gewählt."

Gruber hatte sich atemlos geredet. „Möchten Sie
vielleicht jetzt ein Glas Wasser?", fragte der Kommissar und Gruber nickte. Weißenbacher stand
auf, ging zu Tür und rief nach draußen: „Könnte
mal bitte einer ein Glas Wasser bringen?"

Dann setzte er sich wieder auf seinen Platz und
blätterte schweigend in seiner Akte, während
beide auf das Glas Wasser warteten. Der Notruf
war um 11.32 Uhr beim Polizeipräsidium Nieder-
bayern eingegangen, rekapitulierte Weißenbacher
die Geschehnisse des Vormittags. Die Kollegen
hatten die Polizeiinspektion Boden verständigt,
die sofort eine Streife in die Bayerwaldstraße
schickte. Kurze Zeit später rückte auch die Krimi-
nalpolizei aus Straubing aus. Sie fanden Eva Gruber blutüberströmt und durch mehrere Messersti-
che schwerverletzt in der Küche ihrer Wohnung.
Ihr Ehemann saß auf der Couch im Wohnzimmer
und ließ sich widerstandslos festnehmen. Das Opfer wurde von einem Krankenwagen in die Klinik
Boden gebracht. Details der Verletzungen waren
bislang noch nicht bekannt.

Weißenbacher überflog noch einmal die Zahlen,
die ihm vorlagen und rechnete. Vier Minuten lang
war Eva Gruber mit ihrem Mann alleine gewesen.
Scheinbar kurz, aber eine grausam lange Zeit für
ein Opfer. 240 entsetzliche Sekunden - und nun

war es fraglich, ob die Frau mit dem Leben davon kommen würde.

Ein Polizeibeamter war mittlerweile eingetreten und hatte vor Gruber ein Glas Wasser abgestellt. Der Vater des Opfers nickte zum Dank und nahm einen Schluck. „Was kriegt das Schwein?", fragte er den Kommissar, nachdem er das Wasser abgestellt hatte.

Weißenbacher zuckte mit den Schultern. „Ein versuchtes Tötungsdelikt. Freiheitsstrafe nicht unter fünf Jahren. Möglicherweise Abschiebung. Ich weiß es nicht, ich bin kein Richter", antwortete Weißenbacher.

„Alles noch zu wenig", schnaubte Gruber.

Weißenbacher nickte verständnisvoll. „Da gibt es nur noch eine Sache ..."

Gruber hob überrascht den Kopf.

„Es ging noch ein zweiter Notruf ein. Auch bei der 110, um 11.36 Uhr."

„Von wem?", fragte Gruber verwirrt.

„Von Ihrem Schwiegersohn", antwortete Weißenbacher. „Er sagte, er habe gerade seine Frau erstochen."

***

Franziska Obermüller wartete ungern, aber dieses Mal war es unvermeidlich gewesen. Sie war viele

Meter auf dem Klinikflur auf und ab gegangen, bevor endlich eine Ärztin die Zeit fand, mit ihr zu sprechen.

„Wie geht es Frau Gruber?", fragte die Kommissarin, „Wird sie …?" Sie hatte „es schaffen" sagen wollen oder auch „überleben", aber ihre Stimme brach und sie bekam kein Wort mehr heraus. Das Gefühl, ganz in der Nähe einer jungen Frau zu sein, die aufgrund einer häuslichen Messerattacke um ihr Leben kämpfte, machte sie beklommen, wütend und traurig zugleich.

Im Gegensatz dazu strahlte die Ärztin eine souveräne berufliche Distanziertheit aus. Da es sich um ein versuchtes Tötungsdelikt handelte, hatte sie keine Probleme damit, die Kriminalbeamtin über die Verletzungen ihrer Patientin zu informieren. „Frau Gruber wird den Messerangriff überleben, ist aber schwer verletzt und traumatisiert. Sie hat mehrere tiefe Schnitte am Hals, Stich- und Schnittverletzungen im Gesicht, einen tiefen Schnitt am linken Oberschenkel, Hämatome und Schnitte am Bauch. Dazu tiefgehende Abwehrverletzungen an beiden Händen, der rechte Daumen war weitgehend von der Hand abgetrennt. Wir haben die Patientin stabilisieren können, aber sie wird Monate brauchen, um ganz gesund zu werden. Allein die Hände – die Sehnen und Bänder … das braucht Zeit und sie werden hinterher auch nicht mehr so sein wie vorher."

Die Kommissarin verstand. „Darf ich schon zu ihr?", fragte sie.

„Aber nur kurz."

Franziska Obermüller nickte und schlüpfte leise in das Krankenzimmer, vor dessen Tür sie die letzten Stunden gewartet hatte. Es war fast, als besuche sie eine alte Bekannte, nur dass sie trotz allem nicht auf deren Anblick vorbereitet war. Franzi Obermüller hatte gewusst, dass das Opfer bandagiert und die wenigen Stellen, die nicht verbunden waren, grün und blau sein würden. Aber sie hatte nicht damit gerechnet, dass Eva Gruber so klein und so zierlich war, dass sich die Bettdecke kaum wölbte, unter der sie lag. Wie ein Kind, dachte Franzi, wie ein schwer verletztes, kleines Kind. Sie schluckte und blieb auf halbem Weg stehen. War es wirklich richtig, sie jetzt anzusprechen? Unsicher drehte sich die Kommissarin zu der Ärztin um, die hinter ihr hereingekommen war.

Die Ärztin schien die unausgesprochene Frage zu verstehen und nickte Franzi aufmunternd zu. Die Kommissarin gab sich einen Ruck, ging an das Bett der Patientin und beugte sich über sie: „Mein Name ist Franziska Obermüller. Ich bin Kriminalkommissarin von der Polizeiinspektion Straubing und möchte Sie gerne zu dem Vorfall heute Morgen befragen. An was können Sie sich noch erinnern?"

Eva Gruber starrte Franzi verständnislos an, doch die Kommissarin gab ihr Zeit, das Gehörte zu verarbeiten. Einen Moment lang schien es, als wolle Eva Gruber nicht antworten, sondern zurück in eine Art Halbschlaf gleiten, in ein Land weit, weit weg von der Realität. Müde hingen die Lider über ihren geschwollenen Augen.

„Lukas", murmelte sie schließlich.

Scheiße, wer war Lukas? Die Kommissarin beugte sich weiter über Eva Gruber. „Lukas?", fragte sie.

„Mein Sohn", seufzte die Patientin und schien wieder wegzugleiten.

„Wir kümmern uns um ihn", versprach Franzi und fluchte innerlich. Keiner hatte ihr gesagt, dass es ein Kind gab. Es war jedenfalls am Morgen nicht dabei gewesen, da war sie sich sicher. Sie musste sofort ihrem Kollegen Weißenbacher Bescheid geben! „Wo ist Lukas?", fragte sie unsicher nach.

Wieder antwortete Eva Gruber lange nicht. Sie schien erneut in einem fernen Land zu sein, doch dann öffnete sie die Augen und Franzi konnte sehen, wie bei Eva die Erinnerung wiederkam und mit ihr das Entsetzen über all das, was am Vormittag geschehen war. Eva Gruber bebte und Tränen rannen aus ihren verquollenen Augen. „Ich habe gesagt, hör auf, hör doch bitte auf, lass mich leben, Lukas zuliebe", murmelte sie mehr zu sich selbst als zur Kommissarin. „Hilf mir, er braucht doch eine Mutter. Ich tue alles, keine Scheidung, versprochen, aber hör auf, lass mich doch bitte, bitte leben." Eva schluchzte vor sich hin, dann aber sah sie Franzi verschwommen an. „Er hat mich doch einmal geliebt! Ich habe gesagt, du hast mich doch einmal geliebt! Hol' Hilfe, lass mich nicht sterben!", erklärte sie, von einem Weinkrampf geschüttelt. „Und dann", presste sie unter Tränen heraus, „dann hat er endlich die Polizei gerufen!"

„Genug jetzt", mischte sich die Ärztin ein und Franzi nicke. Sie drückte die Patientin zum Abschied am Oberarm, denn sie fand keine andere Stelle, an der sie das hätte tun können, ohne ihr noch mehr Schmerzen zuzufügen. „Gute Besserung", sagte sie leise und dachte dabei, dass sie nun auch noch dringend den Staatsanwalt anrufen müsse.

***

„Mein Schwiegersohn hat die Polizei gerufen?", fragte Gruber ungläubig.

„Ja, kurz nach Ihnen", erläuterte der Kommissar, der mit einem Auge auf sein Diensthandy schielte, das gerade aufblinkte. „Bitte entschuldigen Sie mich", sagte er zu seinem Zeugen, „aber ich muss da dran gehen. Es ist meine Kollegin. Wahrscheinlich kann ich Ihnen gleich mehr sagen!"

Weißenbacher ging an sein Telefon. „Hallo Franzi", begrüßte er sie und ging mit dem Smartphone am Ohr nach draußen. Ludwig Gruber blieb ratlos zurück. Sein Schwiegersohn hatte selbst die Polizei gerufen? Was hatte das zu bedeuten?

Es dauerte nur wenige Minuten, bis der Kommissar wiederkam. „Ihrer Tochter geht es den Umständen entsprechend", teilte er Gruber mit. „Sie hat zahlreiche Prellungen und Stichverletzungen, besonders schlimm hat es die Hände erwischt, aber sie wird durchkommen." Dass Eva Gruber beinahe ihren rechten Daumen verloren hätte, verschwieg Weißenbacher wohlweislich. „Meine Kollegin war gerade bei ihr. Ihre Eva ist ansprechbar, Sie können sie bald besuchen."

Gruber seufzte hörbar erleichtert.

„Sie sollten natürlich aber erst Ihren Enkel abholen", meinte Weißenbacher, der es gerne gesehen hätte, wenn Ludwig Gruber jetzt einfach aufgestanden und gegangen wäre. Alles, was der Vater des Opfers jetzt noch nicht wusste, würde er noch früh genug erfahren.

Doch Gruber ließ sich nicht so einfach wegschicken. „Mein Schwiegersohn hat die Polizei angerufen und zugegeben, dass er meine Tochter erstechen wollte?", wiederholte er seine Frage von vorhin.

Weißenbacher nickte seufzend und stand auf, um einmal mehr zu signalisieren, dass das Gespräch jetzt beendet war.

„Das ist kaum vorstellbar", murmelte Gruber, der stoisch sitzen blieb.

„Ihre Tochter hat es bestätigt." Der Kommissar bemühte sich um einen beiläufigen Ton.

„Warum hat er das getan?"

„Wohl seinem Sohn zuliebe. Vielleicht ist ihm plötzlich aufgegangen, dass Lukas eine Mutter braucht. Wir können das noch nicht zweifelsfrei sagen, aber angerufen hat er."

„Und was bedeutet das?" Gruber sah zu dem Kommissar hoch und ließ ihn nicht aus den Augen. Nun, nachdem er erfahren hatte, dass seine Tochter überleben würde, hatte er zu seiner Stärke zurückgefunden.

Kriminaloberkommissar Weißenbacher knickte ein: „Das wird sich auf das Strafmaß auswirken", gab er zu. „Es gibt da einen Paragrafen 24 im Strafgesetzbuch, der besagt, dass eine solche Aktion als ein ‚freiwilliger Rücktritt' gilt. Ich kann Ihnen das Gesetz nicht wortgenau zitieren, aber es geht darum, dass jemand nicht bestraft wird, der freiwillig die weitere Ausführung einer Tat aufgibt oder deren Vollendung verhindert."

„Die weitere Ausführung aufgibt oder deren Vollendung", wiederholte Gruber murmelnd, bis er verstand. „Er kommt also straflos davon, nur weil er die 110 gewählt hat?" Gruber war jetzt wütend aufgesprungen und eine Sekunde lang sah es so aus, als wolle er den Kommissar schütteln.

Der hob abwehrend die Hände. „Nein, nein, so ist es nicht gemeint. Natürlich wird er bestraft werden, darauf gebe ich Ihnen mein Wort."

Gruber setzte sich wieder, halbwegs besänftigt.

„Es ändert sich lediglich die Anklage", fuhr der Kommissar fort. „Ihr Schwiegersohn wird jetzt nicht mehr wegen versuchten Totschlags oder gar Mord angeklagt werden. Mit diesem Rücktritt, also dem Anruf bei der Polizei, ist das, was er Ihrer Tochter angetan hat, nur noch eine strafbare Handlung. Paragraph 224. Gefährliche Körperverletzung."

„Schwere Körperverletzung!", begehrte Gruber auf.

„Nein, noch nicht einmal das." Weißenbacher versuchte, etwas Tröstliches in seine Stimme zu legen, aber er war sich des Zynismus bewusst, der ungewollt in seinen Worten lag. „Ihre Tochter wird wieder vollständig genesen. Sie hat keine Gliedmaßen verloren, ihr Sehvermögen wird intakt bleiben, auch ihre Fortpflanzungsfähigkeit ist unbeeinträchtigt. Sonst wäre es eine schwere Körperverletzung. So ist es nur eine gefährliche Körperverletzung."

Gruber starrte den Kommissar hasserfüllt an: „Das kann doch nicht wahr sein! Er hätte ihr also ein Ohr abschneiden müssen, damit es eine schwere Körperverletzung ist?"

Ja, oder einen Daumen, dachte Weißenbacher und zuckte mit den Schultern. Sie kann froh sein, dass sie ihn ihr wieder annähen konnten. Ein Daumen ist wichtig. „Der Staatsanwalt wird heute noch wegen freiwilligen Rücktritts eine Anklage wegen gefährlicher Körperverletzung erheben", fasste er unbeirrt zusammen.

„Und dann kriegt mein Schwiegersohn eine Bewährungsstrafe und sonst nichts?", fragte Gruber wieder mit einem drohenden Unterton, als wäre Weißenbacher derjenige, der die Gesetze gemacht hat.

„Das nicht", besänftigte ihn der Kommissar. „In den Knast muss er. Vermutlich aber nur zwei, drei Jahre. Vier, wenn wir Glück haben."

Gruber sah Weißenbacher erneut vorwurfsvoll an, schnaubte verächtlich und verließ dann das Vernehmungszimmer, ohne ein weiteres Wort zu sagen.

Der Kommissar sah ihm versonnen nach. Wir sind alle nicht glücklich mit diesem Paragraphen, dachte er, aber das durfte er natürlich nicht laut sagen. Wir sind die Exekutive, wir machen, was der Gesetzgeber sagt.

Er nahm seine Akte und ging zurück an seinen Arbeitsplatz, wobei er über das Gespräch mit Ludwig Gruber nachsann. Wir müssten ihn eigentlich im Auge behalten, befand er. Dieser Gruber wäre nicht der erste, der nach so einem Vorfall durchdreht und das Gesetz selbst in die Hand nimmt.

TOD EINES DIABETIKERS

Es war ein grausamer Mittwochmorgen, an dem Hannelore stöhnend erwachte, aber bäuchlings liegenblieb, vom Leben und von ihrer Daunendecke niedergedrückt wie von einer Bleischürze. Die ewig hochgezogenen Schultern schmerzten arthritisch. Hannelore hielt ihre Augen geschlossen, während sie sich langsam daran erinnerte, dass sie ihren Mann umgebracht hatte. Heute Mittag war die Beerdigung.

Nicht, dass sie Wolfgang nicht schon immer hin und wieder hatte umbringen wollen, aber dass sie es schließlich getan hatte, wenn auch nur aus Versehen, lag ihr schwer auf der Brust. Es war ein Albtraum, belastend und erdrückend, und sie fürchtete, niemals daraus erwachen zu können. Zaghaft, noch immer auf dem Bauch liegend, ertastete sie mit ihrer linken Hand den Teil des Ehebetts, in dem Wolfgang hätte liegen müssen. Er war leer, ganz wie befürchtet.

Oder wie erhofft? Schließlich war Wolfgangs Tod ein wahrgewordener Wunsch, den man sich niemals hätte wünschen dürfen. Die große Liebe war Wolfgang zwar nicht gewesen, aber sie hatten in einer Art Zweckgemeinschaft immerhin achtundzwanzig Jahre lang ganz gut zusammengelebt.

Wolfgang war Uhrmacher von Beruf, wenn auch nicht der hellste Kopf unter allen Uhrmachern der Stadt. Aber mit Hannelores Hilfe konnte er sich mit einem eigenen kleinen Laden auf der Karlsruher Kaiserstraße selbstständig machen. Danach schleppte sie ihn zu Ausstellungseröffnungen, Theaterpremieren und Opernbällen, zu den Festivitäten der Industrie- und Handelskammer, diversen Unternehmertreffen und Organisationskomitees. Mit dem Charme einer schönen Frau sorgte Hannelore dafür, dass aus den dort geschlossenen Kontakten Kunden wurden und sich Wolfgang die teuren Bulgari-Uhren, die er verkaufte, auch selbst leisten konnte.

Aus einer kleinen Zweizimmerwohnung in der Novackanlage wurde bald ein Haus im Märchenviertel, wo sie zwischen einem Bundesrichter, einem Zahnarzt und einer mehrfach promovierten Psychologin wohnten. Als alle Familien rund um den Märchenring Nachwuchs bekamen, entschloss sich auch Hannelore zu einem verspäteten Kinderwunsch. Sie wollte nicht abseits stehen müssen, wenn es in der Nachbarschaft um derart wichtige Themen wie die Auswahl der Windeln, des Kindergartens oder der ersten Fremdsprache ging.

Tochter Sandra stellte sich problemlos den Erwartungen ihrer Mutter, lernte erst Latein und dann Englisch, schaffte den Numerus clausus für das Medizinstudium und arbeitete jetzt in der Klinik für Akutgeriatrie und Frührehabilitation des Rüppurrer Diakonissenkrankenhauses. Sobald sie auf eigenen Füßen stehen konnte, verließ sie das

Märchenviertel und zog ein paar hundert Meter weiter in die Gartenstadt.

Das war der Moment gewesen, an dem sich Hannelore ihren Ehemann wieder genauer ansah. Er war grau geworden und übergewichtig. Kurzatmig. Übelriechend. Wenn er nicht gerade in seinem Laden war, saß er fast nur vor dem Fernseher oder an einer kleinen Werkbank im Keller, wo er an Liebhaberstücken arbeitete, Zahnrädchen reinigte und seltene Uhrwerke bestaunte. Gelegentlich erwischte Hannelore ihn dabei, wie er den Kühlschrank plünderte, bevor er sich in den Keller zurückzog, doch anstatt, dass sie etwas sagte, presste sie die Lippen aufeinander und wünschte sich, ihn träfe der Schlag. Er war ihr zuwider, dieser große, verfressene Mann mit Mundgeruch, und er war ihr auch peinlich, besonders, wenn er mit seiner riesigen Brille mit den eingearbeiteten Lupen ein kleines, rostiges Zahnrad hochhob und bewundernd, ja fast schon zärtlich ansah.

Manchmal ertappte sie sich bei dem Gedanken, die Würstchen und Kuchenstücke zu vergiften, die er sich wahllos aus dem Kühlschrank nahm und auf riesige Teller häufte. In ihrer Phantasie würde sie Stunden später, nachdem sich lange nichts mehr im Keller gerührt hatte, nachsehen gehen und schließlich die trauernde Witwe spielen. Bei diesen Gedanken musste sie stets lächeln, aber sie tat nichts, um sie in die Tat umzusetzen, wenn man davon absieht, dass sie einmal einen

Bericht über die Verwechslungsgefahr von Bärlauch mit Maiglöckchen äußerst aufmerksam studiert hatte.

Immerhin: Weil Wolfgang schon lange an Potenzproblemen litt, hatten sie das Thema körperliche Liebe bereits vor Jahren stillschweigend fallengelassen. Gelegentlich gingen sie noch zusammen ins Theater oder zu Abendeinladungen, aber sie sprachen kaum miteinander. So ließ es sich aushalten. Eigentlich führten sie so gesehen sogar eine gute Ehe.

Eines Tages, so erinnerte sich Hannelore, die noch immer mit geschlossenen Augen im Bett lag, war Sandra zu Besuch gekommen und hatte den Verdacht geäußert, ihr heißgeliebter Vater könne an Zucker leiden. Ärztliche Untersuchungen sicherten die Diagnose Diabetes II und an den daraufhin folgenden Patientenschulungen nahm selbst Hannelore teil - da konnte man ihr nichts nachsagen.

Sie und Wolfgang erfuhren alles über gesunde Ernährung und dass ein moderat ausgeführter Sport vieles ausgleichen könne. Aber Wolfgang, der nie besonders sportlich gewesen war, redete sich mit seinen angegriffenen Gelenken heraus.

Dafür begann Hannelore so zu kochen, wie man es ihr in den Schulungen beigebracht hatte: vitaminreich, aber kalorienarm. Von da an nutzte Wolfgang jede Gelegenheit, seinen Heißhunger anderswo zu stillen. Sein Diabetes wurde schlimmer. Schließlich drückten ihm die Ärzte einen Notfallausweis zum Ausfüllen in die Hand und zeigten ihm, wie man sich Insulin spritzt.

An seinem Todestag wollte Wolfgang nur schnell nach Durlach in seine Lieblingswaschanlage fahren. In der dazugehörigen Tankstelle kaufte er sich neben seiner Waschkarte auch zwei Mandelhörnchen, die im Doppelpack als Sonderangebot zu haben waren.

Dann setzte er sich zurück in seinen Mercedes und befuhr die Anlage. Während der Wagen durch die Waschstraße transportiert und gesäubert wurde, spritzte sich Wolfgang in aller Seelenruhe Insulin in seinen Kugelbauch und begann, ein Mandelhörnchen zu essen.

Anscheinend schmeckte es ihm nicht, denn er steckte es zurück in die Tüte, die er in den Fußraum vor dem Beifahrersitz warf. Vermutlich dachte er schon gar nicht mehr an sie, als auf seiner Fahrt nach Hause seine Finger zu zittern begannen. Aber er muss gewusst haben, dass eine Unterzuckerung drohte, denn er fuhr von der Straße ab und hielt an einem kleinen Waldweg bei Grünwettersbach an. Vermutlich raste sein Herz und der Schweiß schoss ihm bereits aus allen Poren. Wolfgang kramte in seinem Handschuhfach und zog die Bonbons heraus, die er dort für den Fall einer Unterzuckerung gelagert hatte. Er schob sich eins in den Mund und wartete ab.

Eigentlich sollte es ihm bald wieder besser gehen. Denn ein Bonbon, besser noch ein Stück Traubenzucker, hebt den Blutzuckerspiegel wieder an. Danach ist der Spuk schnell vorbei.

Das war auch der Grund, warum Wolfgang immer Bonbons vorrätig hatte. Aber die, die er an diesem Tag in seinem Handschuhfach fand, hatte Hannelore ihm hineingelegt. Sie hatte sie bei ihrem letzten Einkauf in der Rosen-Apotheke mitgenommen, wo sie auf dem Verkaufstresen lagen. Ach ja, dachte sich Hannelore damals, Bonbons wolltest du für Wolfgang ja auch noch kaufen.

Sie hatte wohl nicht bemerkt, dass es sich um zuckerfreie Bonbons handelte und zuckerfreie Bonbons heben den Blutzuckerspiegel natürlich nicht. Stattdessen fiel Wolfgang stetig weiter in eine diabetische Krise. Seine Gehirnzellen bekamen keine Energie mehr und schalteten langsam ab.

Doch Wolfgang schaffte es noch, sein Smartphone aus seiner Hosentasche zu ziehen und den Notruf zu wählen. Er lallte bereits und verschluckte beim Sprechen ganze Wortsilben. Der Mann in der Notrufzentrale dachte wahrscheinlich, der Anrufer sei betrunken, aber er schickte umgehend einen Krankenwagen.

Bis die Sanitäter Wolfgang in seinem Wagen fanden, war er bereits bewusstlos. Sie hätten ihm jetzt Glukose spritzen müssen, um der Unterzuckerung entgegenzuwirken, aber sie wussten ja nicht, was ihm fehlt. Deshalb lockerten sie seine Kleidung, luden ihn in ihren Wagen und fuhren ihn ins Städtische Klinikum.

Erst als sie schon dort waren, fanden sie in Wolfgangs Geldbeutel seinen Personalausweis – nicht aber seinen Notfallausweis, der noch immer unausgefüllt auf seinem Schreibtisch lag. Dass Wolfgang Diabetiker war, erfuhren die Ärzte erst, als die Krankenschwestern bei Hannelore anriefen und ihr mitteilten, dass ihr Mann ins Koma gefallen war.

Aufgelöst fuhr sie in die Klinik. Sie wusste aus den Schulungen, wie gefährlich eine schwere Unterzuckerung sein kann. Wolfgang könnte dement werden oder einen Schlaganfall davontragen. Aber dann war es doch ein plötzlicher Herzstillstand, an dem Wolfgang verstarb, noch während sie zu ihm unterwegs war.

Von da an war plötzlich alles nur noch Hektik. Sandra informieren, Formulare ausfüllen, den Schock überwinden. Beinahe hätte Hannelore den Mercedes vergessen, der noch immer am Waldweg bei Grünwettersbach stand. Sie ließ sich von einem Taxi hinbringen und stieg beklommen in Wolfgangs Wagen. Sie fand die verdreckten Mandelhörnchen im Fußraum des Beifahrersitzes und die Zuckerbonbons auf dem Beifahrersitz. Nur dass es eben keine Zuckerbonbons waren.

Dieses Mal erkannte Hannelore das auf den ersten Blick. Noch bevor sie darüber nachdenken konnte, hatte sie die Bonbons in ihre Handtasche gleiten lassen und später eine angebrochene Rolle Traubenzucker in das Handschuhfach gelegt, falls jemand Fragen stellen würde. Aber das war nie geschehen. Selbst Sandra hatte den Tod ihres Vaters niemals hinterfragt.

Das kann ja noch kommen, dachte Hannelore schläfrig und zuckte in ihrem frühen Dämmerschlaf mit den Schultern. Sie würde langsam aufstehen müssen, bevor ihr das Kissen dauerhafte Muster ins Gesicht zeichnen konnte. Träge rollte sie sich auf die Seite. Unter ihren geschlossenen Augenlidern wurde es plötzlich gelb-rot und warm. Die Sonne schien anscheinend bereits mit Kraft. Komisch, dachte Hannelore, sollte es bei einer Beerdigung nicht regnen? Aber dann lächelte sie. Sie könnte eine Sonnenbrille tragen. Dann würde es so aussehen, als hätte sie geweint.

DER KÖNIG BITTET UM HILFE

Gestatten, dass ich mich vorstelle? Ich bin König Georg I. und ich hoffe, Sie können mir helfen. Ich bin nämlich derzeit in einer eher etwas misslichen Lage.

Ich muss ein bisschen weiter ausholen, damit Sie verstehen, wie ich da hineingeraten bin. Ich beginne am besten mit meiner frühen Adoleszenz, aber keine Sorge, allzu ausufernd wird es nicht, ich bin ja erst neun Jahre alt. Dafür bin ich ein ganz besonders strammer, gutaussehender Maine Coon Kater in der Farbe „red tabby" – nur für den Fall, dass Sie sich auskennen. Dem Namen nach entstamme ich einem königlichen Wurf, allerdings kann ich mich an meine Kindheit kaum erinnern. Es war ein ewiges Gewusel und der ständige Kampf um die Zitze, aber mehr weiß ich wirklich nicht mehr, tut mir leid. Vermutlich war es keine ausgesprochen glückliche Kindheit, und ich hoffe, Sie werden sich zu gegebener Zeit daran erinnern und es mir zugutehalten.

Irgendwann wurde ich am Genick gepackt und weggetragen. Ich kam in einen anderen Raum zu weiteren Maine Coon Katzen. Es war ehrlich gesagt ziemlich schmuddelig da, und nicht nur die Katzentoilette müffelte. Unser Fressen gab es in einem riesigen Bassin, in dem wir uns um die besten Brocken schlugen. Aber ab und an wurde ich herausgehoben, mit Kamm und Bürste zurecht gemacht und anderen Menschen vorgestellt, deren rollige Maine Coon Kätzinnen ich danach beglücken durfte.

Ich war also ein Zuchtkater, ein bezahlter Gigolo, aber das Leben war nicht übel, denn ich kannte es ja nicht anders. Dann aber kamen die Tierschützer und mein Schicksal nahm seinen Lauf. Sie sahen sich entsetzt um und sagten Sätze wie: „Der ganze Raum ein einziges Katzenklo", „Die müssen ja aus der Badewanne fressen" und: „Schau einmal, wie dünn sie alle sind."

Sie teilten uns auf und nahmen uns mit. Ich wurde mit ein paar Gefährten in ein Zimmer gebracht, das auf den ersten Blick nicht viel anders war als das, aus dem sie uns mitgenommen hatten. Es fehlte nur die Badewanne. Das Essen gab es dafür in winzigen Schalen und das Katzenklo war einigermaßen sauber, aber sonst? Eng war es hier auch.

Doch das war nicht die schlimmste dramatische Veränderung, die ich hinnehmen musste. Man brachte mich zu einer Frau Dr. med. vet., die mich narkotisierte, meine Zähne sanierte und - es ist mir ein wenig peinlich, darüber zu sprechen – kastrierte. Damit beraubte sie mich meiner ursprünglichen Bestimmung und mein Leben hatte plötzlich gar keinen Sinn mehr!

Als wäre das nicht schon demütigend genug, kam wenige Tage später eine ältere Frau und steckte mich in einen Transportkorb, der für eine viel kleinere Katzenart gedacht war. Es war empörend, aber was sollte ich machen? Wir Maine Coon sind sanfte Riesen und haben das Kratzen, Fauchen und Beißen nie gelernt. So miaute ich nur anklagend, während sie mich mit einem Fahrzeug durch die weite Welt fuhr und mich schließlich in ein größeres Haus trug.

Hier sollte ich wohl wohnen, denn die Frau zeigte mir gleich ein sauberes Katzenklo und bot mir einen Teller Forellenfilets in Tomatensauce an. Doch so leicht kann man mich nicht für sich einnehmen! Mit hoch erhobenem Haupt streunte ich laut wehklagend durch die endlosen Zimmer auf der Suche nach Leidensgenossinnen und -genossen, aber ich fand niemanden. Außer der alten Frau war keiner da.

Schließlich zeigte sie mir das obere Stockwerk, wo es noch weitere Zimmer und einen Balkon gab, der mit Netzen gesichert war und den ich nutzen durfte. „Aha", dachte ich mir, „jetzt bist du also hier gelandet." Ich war verzagt. „Es hat seine Vorzüge", versuchte ich mich zu trösten. „Aber diese Frau geht gar nicht!"

Nein, mein neues Frauchen war mir nicht sympathisch! Im Gegenteil. Ich mochte ihre knochigen Hände nicht, mit denen sie mich ständig streicheln wollte und ihre Stimme war ein einziges brüchiges Krächzen. Wenn sie mit mir sprach, bediente sie sich einer merkwürdigen Kleinkindersprache, gerade so, als wäre ich schwachsinnig. Wenn sie mir zum Beispiel über den Rücken strich, zirpte sie stets: „Oh, du armer Schorsch, alles Haut und Knochen, gelle, nur Haut und Knochilis, aber dich päppeln wir schon hoch, nicht wahr, mein süßer, süßer, kleiner Schorschili?"

Mag ja sein, dass ich sehr schlank war, aber ich war immer ein schöner Kater von edlem Geschlecht. Wie konnte sie nur „Schorsch" zu mir sagen, als wäre ich ein Bauarbeiter? Es dauerte daher eine ganze Weile, bis ich begriff, dass sie mich damit meinte, dabei heiße ich Georg! König Georg der Erste! Den König hätte sie sich meinetwegen schenken können, aber „Schorsch", „kleiner Schorsch", „armer Schorsch" oder „Schorschili", wer sagt denn sowas?

Ich lief weiter jammernd durch die Flure und suchte Zerstreuung in meiner Not. Aber da war nichts. Anfangs kamen noch ein paar Nachbarn der Alten zu Besuch, die ihren „roten Riesen" bewundern durften, was mir sehr gefiel. Aber dann kannten mich wohl schon alle und andere gute Gründe, die Alte zu besuchen, Dinge wie Freundschaft oder Zuneigung, gab es anscheinend nicht. Wir waren tage- und nächtelang alleine miteinander! Es war entsetzlich.

Doch dann hatte ich eine Idee. Hatten mich die Tierschützer schon einmal irgendwo herausgeholt, so konnten sie es doch auch wieder tun. Oder vielleicht konnte ich die Alte ja dazu bewegen, mich ihnen zurückzubringen? Alles war besser als ein Aufenthalt in diesem Zwangssanatorium!

Ich begann darauf zu achten, wofür mich diese Frau lobte und tat dann das Gegenteil. Längst hatte ich bemerkt, dass ihr mein unaufhörliches Miauen den Geduldsfaden abschnitt, doch noch konnte ich sie nicht dazu bringen, mich zu schlagen oder sonst irgendwie zu misshandeln. Also begann ich, so hingebungsvoll mit den Vorderläufen in meinem riesigen Katzenklo zu scharren, bis das Streu draußen lag. Dann lief ich mitten hindurch, nahm das Katzenstreu dabei mit den Puscheln meiner Pfoten auf und verteilte es im ganzen Haus. Das war ein Spaß! Die Alte hatte stundenlang damit zu tun, mir mit dem Staubsauger hinterherzueilen!

Einen ähnlichen Effekt hatte ich mit einem anderen Trick. Wie nur die Schönsten meiner Rasse trage ich ein seidiges Fell, das an manchen Stellen über zehn Zentimeter lang ist. Wo immer ich mich putze, kratze oder über Gebühr bewege, stieben meine Haare in alle erdenkliche Richtungen. Manchmal genügt auch ein energisches Zucken meines überlangen Schwanzes, um Haare aller Dicken und Längen in der Umgebung zu verteilen. Als ich herausgefunden hatte, dass Haare nicht ganz das sind, was eine Frau gerne auf dem Teller oder auf ihren Kleidern hat, machte ich es mir zur Angewohnheit, regelmäßig auf die Anrichte und den Küchentisch zu springen oder mich im Kleiderschrank zu verstecken. Wo immer ich war, schüttelte ich mich, bis die Flusen stoben und ging dann maunzend weiter.

Das verschaffte der Alten Mehrfachbeschäftigung. Wenn sie nicht saugte, so suchte sie mich und wenn sie mich gefunden und mir hinterher gesaugt hatte, musste sie die Staubsaugerdüse reinigen. Und nicht selten ging dann alles wieder von vorne los.

Da ich das Fressen nicht gewohnt war, fiel es mir leicht, jede zweite Mahlzeit zu verweigern. Die Alte unternahm alles, was sie in einschlägigen Katzenratgebern fand, um mir die teuren Häppchen schmackhaft zu machen. Das schmeichelte mir natürlich einerseits sehr, aber ich hatte ein Ziel und war daher unerbittlich! Ich ließ das Essen stehen, bis sich dicke Fliegen auf ihm tummelten und ihre Eier hineinlegten. Dann gab die Alte auf, schüttete den Katzenfraß in die Menschentoilette und versuchte es mit einem frischen Teller und einer neuen Katzenfuttermarke.

Nachdem all diese Maßnahmen sie nicht dazu bringen konnten, mich wieder wegzugeben, beschloss ich, auf meinen dringend benötigten Schlaf zumindest teilweise zu verzichten, um ihn auch der Alten zu rauben. Kaum sang die erste Amsel morgens ihr Lied, stimmte ich wimmernd mit ein. Ich lief quer über ihr Bett und maunzte, was das Zeug hielt. Morgen für Morgen! Manchmal wurde es mir selbst zu viel und ich fing zwischendurch an, die Blumen auf ihrer Bettwäsche zu fangen und mich mit ihnen im Bett zu wälzen. Die Alte bekam kein Auge mehr zu.

Unter ihren Augen bildeten sich bereits dunkelste Ringe, als sie mich ab und an energisch packte und die Stufen hinabtrug, um mich in einem anderen Zimmer einzusperren, nur damit sie mich nicht mehr maunzen hören musste. Aber egal, dann stellte ich halt dieses Zimmer auf den Kopf. Wozu brauchte man schon Gardinen? Nippes? Vasen? Bücher? Zeitungen? Es gab nichts, womit es sich nicht ausgiebig zu spielen lohnte. Wir Maine Coon sind sehr verspielt, müssen Sie wissen.

Langsam, so schien es, verließ die Frau die Kraft, mich zu lieben. Doch dann keimte wieder Hoffnung in ihr auf und wenn ich beispielsweise auf meinem Plätzchen ganz oben auf dem Kratzbaum saß und die Alte zu mir heraufschaute, dann seufzte sie oft und sagte: „Wir werden schon noch Freunde, kleiner Schorsch!", woraufhin ich durch sie hindurchsah, als hätte ich nichts gehört und als wäre sie gar nicht da.

Diese Verachtung traf sie, das merkte ich wohl, aber sie führte nicht dazu, dass sie ihren kleinen Transportkorb wieder herausholte und mich zurückbrachte. Nichts anderes wollte ich schließlich. Ich weiß nicht, worauf sie noch wartete oder woher sie ihre Zuversicht nahm, aber möglicherweise setzte sie auf das Stockholm Syndrom! Statt mich auszuruhen, stimmte ich daraufhin mein Klagelied wieder an. Sie hielt sich die Ohren zu, drehte sich zu mir um und sagte: „Was willst du denn? Sag mir doch einfach, was du willst! Hast du Hunger? Hast du Bauchweh?"

Nein, ich will weg von hier, dachte ich, irgendwohin, wo etwas los ist. Wo die Miezen mit mir schmusen und die Menschen mich bewundern! Doch stattdessen schien die Alte eine Idee zu haben. „Bauchweh. Du hast vielleicht Bauchweh! Daher dieses komische Verhalten am Katzenklo. Ich hätte gleich darauf kommen sollen!"

Mit diesen Worten ging sie in den Keller und kam mit dem winzigen Transportkorb wieder. Juhu, dachte ich und sprang freiwillig hinein. Doch anstatt mich zu den Tierschützern zurückzubringen, fuhr sie in eine andere Richtung und trug mich in ein Zimmer, das komisch roch und mich an meine Entmannung erinnerte.

Ein freundlicher, älterer Mann beugte sich nach einer Weile über den Korb und holte mich mit großen, weichen Händen heraus. „Na, mein Hübscher", sagte er. „Du bist aber eine Schönheit."

Endlich, dachte ich, darf ich hier bleiben? Aber dann fiel mir auf, dass der Mann einen grünen Kittel trug und wurde misstrauisch. Schließlich befingerte er mich von oben bis unten, zog meine Lefzen zurück, inspizierte sämtliche meiner Körperöffnungen, hörte mich mit einem kalten Gerät ab und knetete schließlich meine Leisten. Dann prüfte er ein Heft, auf dem das Wort „Impfpass" stand, gab es der Alten zurück und sagte: „Ich kann nichts finden. Er scheint kerngesund zu sein und geimpft ist er auch. Wir können noch sein Blut und seinen Kot untersuchen, aber ich schätze, dass wir nichts finden werden. Er scheint nicht krank zu sein, aber unterernährt."

Bei dem Wort „unterernährt" sah er die Alte vorwurfsvoll an und um seine Annahme, sie ließe mich hungern, zu unterstützen, maunzte ich besonders kläglich. Die Alte wäre beinahe in Tränen ausgebrochen und versicherte wortreich, dass sie mir alle gängigen Futtersorten angeboten und ich sogar die teuersten verschmäht hätte. „Oh, du bist schleckig", sagte der Mann besänftigt zu mir und kraulte mich hinter den Ohren wie einen Hund. Dann wandte er sich wieder der Frau zu: „Dann ist er eben ein wenig mickriger als andere, das macht ja nichts. Wir Menschen sind ja auch nicht alle gleich gut beieinander!"

Ich und mickrig! Es war wirklich empörend. Keiner verstand meine Nöte.

„Achten Sie bitte darauf, dass er wenigstens einmal am Tag etwas isst, sonst wird Ihr Schorsch wirklich noch krank. Hunde können schon einmal hungern, aber Katzen müssen regelmäßig essen, sonst kommt ihr ganzer Stoffwechsel durcheinander." Die Alte beteuerte, dass sie ihr Bestes geben würde und damit war die Konsultation auch schon vorbei. Halb beruhigt, halb neuerlich beunruhigt verschleppte mich die Alte wieder in ihr Zuhause. Immerhin hatte ich einen aufregenden Nachmittag verbracht. Müde und dankbar zog ich mich auf den Kratzbaum zurück und hielt ein paar Stunden lang die Klappe.

Wie ich so da oben auf dem Kratzbaum saß, weit entfernt von ihren gierigen Händen, beschloss ich, nun, nachdem auch der Tierarzt nicht sonderlich hilfreich gewesen war, andere Saiten aufzuziehen. Ich würde sie schon noch dazu bringen, mich wegzugeben!

So saß ich eines frühen Morgens an der Treppe, als sie sich mühevoll aus dem Bett schälte. Ich hatte sie gerade mit meinem ausgiebigen Katzengejammer geweckt und sie war noch ein wenig steif in den Knochen. „Komm, Schorschili, ich gebe dir etwas zu fressen", sagte sie und wankte in die Küche, um ein Döschen Häppchen in Gelee zu öffnen. Wie immer beachtete ich sie scheinbar nicht.

Sie stellte die Schale mit den Häppchen auf den Boden und wankte, noch immer nicht ganz wach, zurück ins Schlafzimmer, als ihr etwas einfiel. Sie wollte die Schlafunterbrechung dazu nutzen, noch einmal auf die Toilette zu gehen. Dummerweise war das Bad eine Treppe tiefer, weshalb die Alte Licht machen und hinunter schlurfen musste. Doch während sie sich an diesem Morgen mit ihren arthritischen Knochen die Treppe hinab mühte, sprang ich schnell auf die Beine und fröhlich maunzend zwischen den ihren hindurch!

Ich brachte sie so reibungslos zu Fall, als hätte ich es geübt!

Obwohl sich die Alte mit einer Hand am Treppengeländer hielt, kam mein Angriff so überraschend, dass sie den Halt verlor, über mich stolperte, die Treppen hinunterschlitterte und liegen blieb. Leider versetzte sie mir dabei einen Tritt in die Seite, dass ich vor Schmerz aufjaulte, während ich durch die Luft segelte und mit einem schweren Plumps ein wenig unelegant unten im Flur landete.

Vor lauter Schreck musste ich mich erst einmal putzen, so verstört war ich. Dann betrachte ich langsam mein Werk. Da lag sie nun der Länge nach, wenn auch seltsam verrenkt, die Frau, deren Haus ich nicht teilen wollte. Ich maunzte, um sie daran zu erinnern, dass ich noch da war und dass jetzt vielleicht eine gute Gelegenheit wäre, mich zurück zu den Tierschützern zu bringen, aber sie rührte sich nicht.

Das habe ich gemeint, als ich sagte, ich befände mich derzeit in einer misslichen Lage. Die Alte liegt nämlich immer noch dort, wenn auch nicht mehr in alter Frische. Der Unfall war vor einigen Tagen und wir haben Sommer.

Doch außer der Geruchsbelästigung ergab sich da noch ein weiteres Problem. Die morgendliche Portion Häppchen in Gelee war schnell gegessen und nun trotte ich durch die Hallen und habe außer einer Spinne im Gebälk nichts mehr gefunden, was ich hätte fressen können. Ich bin zwar ein Hungerkünstler, aber wie Sie wissen, sollte ich doch wenigstens einmal täglich etwas zu mir nehmen. Ich habe daher jetzt ganz vorsichtig an den Füßen der Alten geknabbert und jeden Tag zwei, drei Zehen verspeist. Danach bin ich an ihre Finger gegangen, mit der Zeit lösten sie sich ja immer leichter. Ich scheue noch ein wenig davor zurück, meine Zähne einfach so in ihr welkes Fleisch zu schlagen, daher habe ich erst an ihrer Nase gekostet. Sie schmeckte ganz passabel. Für heute Abend habe ich mir ihre Zunge vorgenommen, aber was dann?

Sie sehen schon, ich brauche dringend Hilfe. Sagen Sie doch bitte den Tierschützern Bescheid, dass sie mich holen kommen sollen. Dass ich gerne meine Katzenfreunde wiedersehen oder in einen Haushalt mit vielen Untertanen und Bewunderern möchte. Aber bitte erzählen Sie ihnen nichts Schlechtes über mich. Es mag ja sein, dass Sie mein Verhalten grenzwertig finden, aber bedenken Sie, man hielt mich hier bei Wasser und Gelatinehäppchen gefangen, und ich hatte keine schöne Kindheit.

NUSS – KUSS - SCHLUSS

Meinen ersten richtigen Mord plante ich just in dem Moment, in dem ich erfuhr, dass die Todesengel meine Kriminalgeschichte nicht in ihre jährliche Anthologie aufnehmen würden. Mann, war ich wütend!

Die Todesengel sind ein Netzwerk von Autorinnen und Schriftstellerinnen, die sich der Kriminalliteratur verschrieben haben. Ich hatte mich ihnen Anfang des Jahres angeschlossen, weil ich selbst mit dem Krimischreiben liebäugelte und vorab schon einmal Kontakte zu angehenden Kolleginnen knüpfen wollte. Als die diesjährige Anthologie ausgeschrieben wurde, durfte jeder Todesengel eine Krimikurzgeschichte einreichen und die dreißig besten sollten dann veröffentlicht werden.

Da war ich aber nicht dabei. Als ich das E-Mail mit dem Betreff: „Die Gewinnerinnen stehen fest" erhielt, konnte ich auf der Liste nirgends meinen Namen finden.

Es hatte knapp einhundert Einsendungen gegeben – und ich sollte nicht zu dem ersten Drittel gehören? Das konnte ich mir so gar nicht vorstellen. Schließlich habe ich mir als Autorin bereits einen Namen gemacht, wenn auch in einem ganz anderen Genre. Ich gelte als Hedwig Courths-Mahler des dritten Jahrtausends - zumindest hat mich der Ansager meiner letzten Lesung so genannt -, und ich verdiene nicht schlecht damit, am laufenden

Band Klischeegeschichten über die Liebe zu produzieren. Die heterosexuelle Liebe unter schönen weißen Menschen, versteht sich.

Kann man mir verdenken, dass ich da einmal ausbrechen wollte? Statt in Liebe zu schwelgen genüsslich meucheln und morden? Und nun sollte meine Geschichte nicht gut genug gewesen sein? Ich musste unbedingt mit Bettina Korburg sprechen! Sie war die Erste Vorsitzende der Todesengel und Kopf der Jury.

Obwohl die Korburg vierhundertdreiundsiebzig Kilometer entfernt von meinem kleinen Haus am See wohnt, fand ich es nicht angemessen, mit ihr am Telefon über meine allererste und sofort und gleich abgelehnte Kriminalgeschichte zu sprechen. Ich wollte das von Angesicht zu Angesicht klären. Ich rief also lediglich an, um mich mit dem Todesengel Nummer Eins für ein Gespräch zu verabreden. Zu meinem Erstaunen hatte die Korburg sogar eine Sekretärin, die mir aber anstandslos einen Besprechungstermin bei ihrer Chefin einräumte.

Gut vorbereitet reiste ich zwei Tage später an. Ich wusste inzwischen, dass mir die Korburg in schriftstellerischer Hinsicht ebenbürtig war. Sie nämlich galt als Agatha Christie des dritten Jahrtausends. Da wir quasi auf Augenhöhe spielten, war ich mir sicher, sie von der Qualität meiner Kurzgeschichte überzeugen zu können. Sie würde am Ende unseres Gespräches sagen, sie könne auch nicht verstehen, warum es mein kleines Meisterwerk nicht in die Anthologie geschafft habe und sie werde dafür sorgen, dass dieses Mal einunddreißig Geschichten Eingang in die alljährliche Todesengel-Anthologie finden.

Mental derart gewappnet stand ich schließlich vor einem Haus, das sich als ungleich größer und herrschaftlicher erwies als meins. Entweder laufen Krimis noch besser als Liebesgeschichten oder die Korburg hatte einst einmal geerbt. Als ich den antiken Türklopfer aus Eisen betätigte, wobei ich mir beinahe den Daumen eingeklemmt hätte, erwartete ich fast, dass mir ein Diener im Livree öffnen würde. Stattdessen kam die Sekretärin, eine junge Frau in Jeans, T-Shirt und Sneakers, die die schwere Holztür buchstäblich aufstemmen musste, um mich hereinlassen zu können.

Ich klackerte mit meinen Highheels über frisch gewischte Marmorböden immer der jungen Frau hinterher, bis sie mir die Tür zu einem riesigen Zimmer öffnete, in dem hinter einem gewaltigen antiken Holzschreibtisch Bettina Korburg saß.

Die Krimiqueen erwies sich als überraschend farb- und formlos, kein bisschen respekteinflößend, wenn auch sehr distanziert. Sie hatte sich meine Geschichte schon ausdrucken lassen und noch einmal überflogen.

„Zu unausgegoren", erklärte sie mir dünnlippig. „Drei Freundinnen verabreden sich, zur gleichen Zeit ihre Männer umzubringen. Und dann auch noch mit nicht näher bezeichneten Kräutern. Alles verläuft nach Plan, Bedenken gibt es nur im Vorfeld. Tut mir leid, das war zwar ein interessanter Schreibversuch von dir, aber noch ein sehr dilettantischer."

Dass sie mich duzte, war nur meiner Mitgliedschaft bei den Todesengeln geschuldet. Man sah ihr an, dass ich ihr mitnichten sympathisch war. Im Gegenteil. Sie gab mir das Gefühl, als wäre ich eine Schmeißfliege, die sie unbedingt abwimmeln müsste.

„Mir ging es weniger um die Mordmethode, sondern mehr um den psychologischen Hintergrund, den die Protagonistinnen mitbringen", versuchte ich mein Werk zu verteidigen, aber die Korburg zog nur eine Braue hoch. „An einem Krimi ist alles wichtig. Der Hintergrund, der Vordergrund, die Mordmethode und der Konflikt. Ohne Konflikt kannst du ja noch nicht einmal Liebesromane schreiben. Wer wüsste das schließlich besser als du?", entgegnete sie mir süffisant. Sie hatte sich also im Vorfeld auch über mich erkundigt.

Waren meine Mordgelüste vor ein paar Tagen noch theoretisch gewesen und meiner Wut geschuldet, nahmen sie jetzt konkrete Gestalt an. Ich wäre am liebsten über den ultrabreiten

Schreibtisch gesprungen und hätte die Korburg erwürgt. Stattdessen bemühte ich mich um Contenance und würgte ein: „Danke für deine Einschätzung", heraus. Dann hatte ich eine Idee und fragte zuckersüß: „Gibt es denn die Möglichkeit für mich, an einem Mentoring-Programm teilzunehmen, damit ich das lernen kann?"

„Warum willst du das denn lernen?", fragte mich die Korburg, jetzt ehrlich interessiert. „Deine letzten Bücher waren Bestseller. Genügt dir Romance nicht mehr?"

„Nein", antwortete ich. „Ich habe es satt, Teenagerträume in Bücher mit roséfarbenen Covern zu packen", antwortete ich wahrheitsgemäß.

„Nun", antwortete die Korburg nachdenklich. „Es gibt ein Mentoring-Programm, aber die diesjährigen Teilnehmer sind längst ausgelobt. Aber wenn es dir wirklich ernst wäre ..."

„Ja, das ist es mir!", fiel ich ihr eifrig ins Wort. Ich will dich ernsthaft erwürgen, du gönnerhaftes Weib, fügte ich in Gedanken hinzu.

„... dann könntest du ja bei mir so eine Art Praktikum machen, so für zwei oder drei Wochen", fuhr die Korburg unbeirrt fort. „Wir stellen dir hier einen kleinen Schreibtisch hin und du machst dich an die Arbeit ... Recherche, einen Plot entwickeln, ein Exposé schreiben ... Und ich kann immer eine Auge darauf haben. Wie klingt das?"

„Ganz wundervoll", behauptete ich. Was bildete sich die Frau bloß ein?!

Aber andererseits: Warum nicht? Wir würden sehen, wohin das führt. In diesen Räumen war ein Mord ja nicht ausgeschlossen ...

„Du darfst mich allerdings nicht stören", fügte der Todesengel hinzu und ihre Augen funkelten überraschend. „Mein derzeitiger Krimi ist in der finalen Phase, da brauche ich Ruhe und Konzentration ..."

Ich schwöre, ich habe noch nie jemanden mehr gehasst als die Korburg in diesem Moment. Dennoch nickte ich eifrig, verabschiedete mich und fuhr nach Hause, um einen Koffer zu packen.

Am Sonntagabend nach unserem Gespräch zog ich in ein Hotel in der Nähe der Korburg, wo ich noch einmal ausschlief, um gleich morgens um neun Uhr bei meiner Mentorin vor der Tür zu stehen. Ich selbst würde ja freiwillig nie vor zehn Uhr anfangen zu schreiben und ich kenne auch keinen anderen Künstler, der Frühaufsteher wäre, aber ich wollte meinen guten Willen als neue Praktikantin zeigen. Unterstrichen wurde dieser gute Wille noch durch einen Nussstriezel, den ich unterwegs in einer Bäckerei gekauft hatte und mit dem ich meinen Einstand geben wollte.

Als ich an diesem Montag an der Tür klingelte, öffnete mir wieder die junge Sekretärin. „Oh, was haben Sie da Feines?", fragte sie erfreut, als sie sah, dass ich ein mit Bäckerpapier umwickeltes Päckchen auf einer Hand balancierte. Sie nahm es mir ab und trug es erwartungsfreudig in die Küche.

„Mein Einstand", antwortete ich stolz und beglückwünschte mich innerlich. War wohl eine gute Idee gewesen, etwas mitzubringen. „Packen Sie ihn ruhig aus, das ist unser zweites Frühstück! Wie heißen Sie eigentlich?"

„Sie können Hanna zu mir sagen", antwortete sie, während sie das Papier löste, in dem der Striezel eingepackt war. Dann zuckte sie erschrocken zurück.

„Ist das Nuss?", fragte sie entsetzt.

„Ja, mit Hefeteig. Warum?", erwiderte ich, während ich tief einatmete, um möglichst viel vom Duft dieses Kuchens zu inhalieren. Ich liebe Nussstriezel!

„Das kommt ja einem Mordversuch gleich!" Hanna hatte sich gefangen und kicherte jetzt. „Das haben Sie vermutlich nicht gewusst, aber Frau Korburg ist hochgradig allergisch gegen alle Arten von Nüssen. Ich fürchte, den Striezel müssen wir beide alleine essen!"

„Ach, es gibt Schlimmeres", winkte ich ab und sah Hanna zu, wie sie zwei Teller richtete und uns beiden je ein dickes Stück abschnitt.

„Den lassen wir Frau Korburg besser gar nicht sehen, sie bekommt schon einen anaphylaktischen Schock, wenn sie Nüsse nur sieht", behauptete Hanna, setzte sich mit ihrem Teller an den Küchentisch und biss herzhaft in ihr Stück.

„So schlimm?", hakte ich nach. Hatte ich etwa gleich und in der ersten Viertelstunde meine Mordmethode gefunden? „Wo ist sie eigentlich?"

„Sie kommt erst gegen zehn Uhr", antwortete Hanna mit vollem Mund.

„Wie sympathisch", sagte ich, nahm meinen eigenen Teller und setzte mich zu ihr. „Eine Nussallergie ...", begann ich, um an meine Frage von vorhin zu erinnern.

„Ja, ganz schlimm", bestätigte Hanna leutselig. „Sie ist gegen das Nusseiweiß allergisch. Schon die kleinste Spur löst bei ihr einen Anfall aus. Sie hat überall komplette Notfallsets herumliegen mit Antihistaminika, Cortison, Asthmasprays und einer Adrenalinspritze."

„Gut zu wissen. Ich wollte für Sie beide einmal kochen und da ..."

„Vergessen Sie es!", unterbrach mich Hanna. „Frau Korburg isst niemals etwas, was ein anderer gekocht hat, außer es kommt vom Goldenen Löwen. Das ist ein Restaurant hier in der Nähe. Der Koch weiß Bescheid und beliefert uns täglich mit einem allergenfreien Mittagessen. Ich habe mir übrigens erlaubt, heute für Sie mitzubestellen. Ich dachte, Sie können es ja einmal probieren. Wenn Sie mittags aber lieber kalt und abends warm essen wollen …"

„Nein, nein, das ist schon in Ordnung", winkte ich ab. Schade. Ich hatte gedacht, ich könnte hier einmal ein Hühnchen mit Füllung auf den Tisch bringen. Wer würde schon ahnen, dass in der Füllung statt Hackfleisch eine Mischung aus gemahlenen Haselnüssen und Linsen steckt? Ein köstliches Rezept übrigens, dass ich wärmstens empfehlen kann. Hatte ich bereits erwähnt, dass ich ebenso gut koche, wie ich schreibe?

Nachdem wir unseren Kuchen gegessen hatten, zeigte mir Hanna meinen Arbeitsplatz. Sie hatte mir einen kleinen Tisch gerichtet und ihn quer zum Monsterschreibtisch meiner künftigen Mentorin gestellt. Ich nickte und nahm auf dem Plastikstuhl Platz, der meinen Arbeitsplatz vervollständigte, und packte meinen Laptop aus. In diesem Moment kam die Korburg hereingespurtet.

Vermutlich war es mir in der vergangenen Woche nicht aufgefallen, aber sie hatte durchaus etwas Kränkliches und gleichzeitig Gehetztes an sich. Als müsse sie immer auf der Hut und viel vorsichtiger als alle anderen sein. Anscheinend war das ja auch so und vermutlich war sie deshalb so prädestiniert dafür, Krimis zu schreiben.

„Als erstes", sagte die Korburg, nachdem sie mich flüchtig begrüßt und sich dann an ihrem Schreibtisch niedergelassen hatte, „musst du einen Plot für deine Geschichte finden. Das kann gut und gern ein paar Tage dauern. Finde eine Mordmethode, das Opfer, den Täter. Wo fängt die Geschichte an und wo hört sie auf? Wie sehen deine Protagonisten aus? Gibt es einen klassischen Whodunit oder weiß man von vornherein, wer es war? Lässt du den Täter davonkommen oder die Gerechtigkeit siegen? In welcher Erzählperspektive schreibst du? Bist du beim Täter, schreibst du auktorial oder in der Ich-Form? Wenn du das hast, sprechen wir es durch und gehen dann an die Arbeit."

Ich nickte und zum Zeichen dafür, dass ich verstanden hatte, tippte ich ein wenig auf meinem Laptop herum. Ein Plot. Pfft. Wenn ich ein neues Buch schreibe, dann lege ich lediglich meine beiden Hauptpersonen fest. Ich denke mir eine wunderschöne Frau aus und frage mich, was für ein Mann zu ihr passt und welche Hindernisse sich ihnen bis zum Happy End in den Weg stellen könnten. Der Rest schreibt sich quasi von alleine, denn wenn ich erst einmal angefangen und die Richtung vorgegeben habe, machen meine Protagonisten ohnehin, was sie wollen. In die Geschehnisse fließen dann reale Begebenheiten ein. War beispielsweise gerade der Elektriker bei mir, weil ich einen Kurzschluss hatte, übernimmt im Buch nicht selten meine männliche Hauptperson den Job und erspart damit seiner Liebsten eine möglicherweise überhöhte Rechnung. Dazu muss der Gute natürlich ein, zwei Semester Irgendwas studiert haben, was ihn dazu befähigt, und so kommt es zu den teilweise sehr abstrusen Lebensläufen meiner charismatischen Helden. Gleichzeitig umschiffe ich mit meinem jeweils aktuellen Liebespaar nicht nur die Hürden, die ich ihnen als Autorin auferlege, sondern auch die Klippen meines eigenen Lebens und hauche damit dem Handlungsverlauf Spontanität und jene Lebensnähe ein, die meine Bücher bekannt gemacht haben.

Und jetzt sollte ich auf einmal plotten. Ich sah hoch und betrachtete mir die Korburg von der Seite, die mit fest aufeinandergepressten, dünnen Lippen hektisch an ihrem Manuskript tippte. Alles an ihr sah verbissen, fahl und schmal aus. War es nicht überaus bemerkenswert, dass jemand, der täglich mordete, von angegriffener Gesundheit war, wohingegen ich, die Schnulzen schrieb, nur so vor Gesundheit strotzte?

Sollte ich mich doch noch dazu entschließen, sie mit meinen Händen zu erwürgen, würde es ein Leichtes sein, sie zu überwältigen. Doch nein, vielleicht fand sich ja noch etwas Besseres. Ich sollte ja mit der Recherche anfangen. „Finde eine Mordmethode", hatte sie gesagt und das wollte ich jetzt beherzigen. Ich begann, im Internet nach irgendetwas mit Tod und Nüssen zu suchen.

Es dauerte auch gar nicht lange, bis ich fündig wurde. Unter dem Titel „Nuss – Kuss – Schluss" fand ich einen medizinischen Fallbericht, bei dem ein Kuss zu einer anaphylaktischen Reaktion mit tödlichem Ausgang geführt hatte.

Kaum hatte ich diese sachliche Kasuistik gelesen, verwandelte sie sich in meinem Kopf in eine dramatische Liebesgeschichte, wie sie fataler und gleichzeitig banaler nicht sein konnte. Ich habe lange genug Schmalzschnulzen geschrieben, um den perfekten Stoff für eine Liebestragödie sofort als solchen zu erkennen.

Da ist die Heldin, eine junge Frau, allergisch auf Erdnüsse und frisch verliebt in einen Gleichaltrigen, den sie bei einem … sagen wir … Lagerfeuer … bei einer … ich überlegte … Jugendfreizeitveranstaltung kennengelernt hatte. Beide so um die zwanzig Jahre, Jugendbetreuer oder wegen mir auch Oberpfadfinder – die Guten halt –, und sie verlieben sich. Über das Lagerfeuer hinweg sprühen nicht nur Feuerfunken. Später, in der Nacht, während alle in ihren Zelten schlafen, schleicht sich der Mann ins Zelt der Frau. Es kommt zum ersten, zarten Kuss und das Drama nimmt seinen Lauf. Denn kurz bevor er zu ihr ins Zelt gekrabbelt ist, hatte er noch schnell ein Erdnussbutterbrot gegessen. Von ihrer Allergie wusste er zwar nichts, aber dennoch putzte er sich danach die Zähne. Das hätte ich an seiner Stelle auch getan, dachte ich mir, man schleicht sich nicht in das Zelt der Angebeteten mit Knoblauch- oder Erdnussatem.

Trotz Fluoridzahncreme löst der Kuss des Ahnungslosen einen allergischen Schock bei unserer Heldin aus. Sie bekommt keine Luft mehr, erleidet auf dem Weg ins Krankenhaus einen Herz- und Atemstillstand und stirbt noch in der gleichen Nacht. Was für eine Geschichte!

Ich war geistig schon dabei, daraus meinen nächsten Roman zu schreiben, als mir wieder einfiel, weshalb ich eigentlich hier war. Um Krimis schreiben zu lernen. Nein, um die Korburg umzubringen. Warum noch einmal? Ah, ich erinnerte mich. Sie hatte meine erste Kriminalgeschichte abgelehnt und musste dafür büßen.

Das kam mir angesichts der Geschichte, die ich da gerade zusammenphantasiert hatte, nun etwas übertrieben vor. War ich wirklich dafür angereist? Ich würde das noch einmal überdenken müssen.

Vorerst las ich weiter in der medizinischen Kasuistik. „Die Allergenmenge, der die Frau ausgesetzt war, muss verschwindend gering gewesen sein", vermutete der Referent. Der Mann habe sich schließlich nach dem Essen die Zähne geputzt und den Mund ausgespült. „Juristisch betrachtet", und das war jetzt das spannendste, „ist hier nicht der Kuss schuld, sondern die Erdnuss."

Die Nuss und nicht der Kuss. Ich summte vor Freude, was mir einen bösen Blick von der Korburg einbrachte.

„Psst", zischte sie.

Die Nuss und nicht der Kuss - welch schöner Stoff für eine Liebestragödie, und was für eine wunderschöne Mordmethode!

Ich sah auf und betrachtete mir die Korburg erneut. Sie war mir noch immer nicht sympathischer geworden, im Gegenteil. Ich fand partout keinen wie auch immer gearteten Grund, sie küssen zu wollen. Das lag nicht daran, dass sie eine Frau war, so kleinlich bin ich nicht. Es lag daran, dass sie die Korburg war. Ich konnte mir einfach nicht vorstellen, wie sich meine weichen, sinnlichen Lippen ihrem zusammengepressten Mund näherten und meine vorwitzige Zunge die ihre zu einem Liebesspiel aufforderte. Es schüttelte mich.

„Ist dir kalt?", fragte die Korburg und schreckte mich damit aus meinen Gedanken. „Nein", antwortete ich und lächelte sie an: „Ich habe gerade meine Mordmethode gefunden, aber ich fürchte, sie funktioniert nicht."

„Dann suche nachher nach einer, die funktioniert!", sagte die Korburg streng. „Jetzt kannst du erst einmal Pause machen. Das Essen kommt gleich."

Tatsächlich klingelte es nur wenige Minuten später. Ein Bote vom Goldenen Löwen brachte drei schwach gewürzte Mahlzeiten, die wir, Hanna, die Korburg und ich, zusammen in der Küche einnahmen. Es war ein Kartoffel-Kohlrabi-Auflauf mit Käsekruste an Fischfilet, was mit Pfeffer und Salz verfeinert gar nicht so schlecht schmeckte.

Während wir schweigend aßen, stellte ich mir vor, wie ich heimlich in die Portion der Korburg ein paar Tropfen Erdnussöl tropfte ... und wie sie dann rot anlaufen, nach Luft schnappen und völlig panisch reagieren würde. Wie Hanna laufen würde, um ihr eins der vielen herumliegenden Notfallsets zu holen, die ich allerdings mittlerweile alle entsorgt oder versteckt hatte, wie die Korburg verzweifelt nach Atem ringend auf dem Weg ins Krankenhaus erkennen würde, dass sie stirbt, und dann – erstickt.

Ach du liebe Zeit, das ist ja furchtbar, dachte ich dann und wurde hochrot. Wie konnte ich mir so etwas überhaupt nur vorstellen? Ich, die ich bislang keiner Fliege etwas zuleide tun konnte? Plötzlich wurde mir regelrecht schlecht, so sehr schämte ich mich vor mir selbst und mein Herz begann, laut und angstvoll gegen meine Rippen zu hämmern. War das wirklich ich, die so etwas vorhatte? Die jemandem einen so schrecklichen Tod wünschte, nur weil sie eine Geschichte von mir nicht mochte?

Ich blickte auf und sah der Korburg zu, wie sie appetitlos in ihrem Auflauf stocherte. Sie tat mir unendlich leid. Sie wollte mir arglos das Plotten und das Krimischreiben beibringen, hatte mir einen Campingtisch samt Plastikstuhl und ein Mittagessen organisiert und ich hatte nichts weiter als hässliche Mordgelüste gehegt, die ich niemals zu Papier bringen, sondern selbst ausagieren wollte. Welcher eitle, narzisstische Teil meiner Selbst hatte sich so kränken lassen, dass ich – zumindest gedanklich – vor einem Mord nicht zurückschreckte?

Ich räusperte mich, tupfte mir den Mund mit der Serviette ab und stand auf. Ich hatte hier nichts zu suchen, denn unabhängig davon, was mir vielleicht zu Kopf gestiegen war, eine Mörderin war ich nicht. Weder im Leben noch zwischen zwei Buchseiten.

Wahrscheinlich war meine Krimikurzgeschichte wirklich nicht so toll gewesen, aber hey, ich kann Liebesgeschichten schreiben, die jederfrau Tränen in die Augen treiben! Und hatte ich nicht gerade eben eine tolle Inspiration bekommen? Von einem Traumpaar im Ferienlager, das sich heimlich im Zelt trifft, um sich dort ein erstes und vorerst einziges Mal zu küssen?

Nein, ich würde sie nicht sterben lassen. Die Korburg nicht und auch nicht meine anaphylaktische Heldin in meinem neuen Roman. Die geküsste

Allergenmenge könnte sie zwar bis in die Nähe des Todes tragen, aber noch in der gleichen Nacht würde sie im Krankenhaus reanimiert und gerettet werden. Wie ich schon sagte: Was für eine Geschichte!

Bettina Korburg nahm es sehr gefasst auf, als ich nach dem Mittagessen verkündete, dass ich jetzt doch lieber wieder nach Hause fahren und Schnulzen schreiben würde. „Ich bin einfach keine Mörderin", gestand ich und die Korburg nickte wissend.

„Das wusste ich schon", sagte sie mit jener dünnlippigen Überheblichkeit, die mich so in Rage brachte, „aber es ist gut, dass du es jetzt auch gemerkt hast."

Um ihr nicht doch noch an die Gurgel gehen zu müssen, kramte ich in meiner Handtasche nach dem Geldbeutel und legte zehn Euro für das Mittagessen auf den Tisch.

„Und dann auch noch so schnell", fügte die Korburg süffisant hinzu und, echt, ich schwöre, in diesem Moment hätte ich sie beinahe doch noch ermordet.

R . I . P

Genuß, Fluß, daß, riß, gewiß,
Sproß, daß, riß, gewiß, häßlich,
Genuß, Fluß, daß, riß, gewiß,
Sproß, daß, riß, gewiß, häßlich,
Genuß, häßlich, daß, riß, gewiß,
Genuß, Fluß, daß, riß, gewiß, häßlich, Gebiß, Sproß,
aß, riß, riß, gewiß, häßlich, Gebiß, Genuß, Fluß, riß,
gewiß, häßlich, Gebiß, Sproß, daß, riß, gewiß, häßlich,
Gebiß, Genuß, Fluß, daß, riß, gewiß, häßlich, Gebiß,
Sproß, daß, riß, gewiß, häßlich, Gebiß, Genuß, Fluß,
daß, riß, gewiß, häßlich, Gebiß, Sproß, daß, riß, gewiß,
häßlich, häßlich, Gebiß, Genuß, Fluß, daß, riß, Genuß,
Fluß, daß, riß, gewiß,
Sproß, daß, riß, gewiß, häßlich,
Genuß, Fluß, daß, riß, gewiß,
Sproß, daß, riß, gewiß, häßlich,
Genuß, häßlich, daß, riß, gewiß,
Genuß, Fluß, daß, riß, gewiß,
Sproß, daß, riß, gewiß, häßlich,
Genuß, Fluß, daß, riß, gewiß,
Sproß, daß, riß, gewiß, häßlich,
Genuß, häßlich, daß, riß, gewiß,
Genuß, Fluß, daß, riß, gewiß,
Sproß, daß, riß, gewiß, häßlich,
Genuß, Fluß, daß, riß, gewiß,
Sproß, daß, riß, gewiß, häßlich,
Genuß, häßlich, daß, riß, gewiß,
Sproß, daß, riß, gewiß, häßlich,
Genuß, häßlich, daß, riß, gewiß,
Sproß, daß, riß, gewiß, häßlich,
Genuß, häßlich, daß, riß, gewiß.

DANKSAGUNG

Ich möchte mich hiermit bei allen Menschen bedanken, die - insbesondere auch in Lockdown-Zeiten - immer um mich herum sind, und sei es auch nur virtuell. Aus euch ziehe ich Inspiration und Kraft.

Mein ganz besonderer Dank gilt auch dieses Mal wieder K. Waldgott, die nie müde wird, meine Ergüsse zu korrigieren, redigieren und diskutieren.

Bei der Geschichte „Sein erster Fall" hat mir unschätzbar hilfreich eine Kriminalbeamtin geholfen, die namentlich nicht genannt werden möchte. Liebste XY, hab' herzlichen Dank für deine Mühe mit mir, meinem Unverstand und meiner Ungeduld. Ich würde mich sehr freuen, wenn du meine Fantasie weiterhin beflügelst ...

Ein weiterer herzlicher Dank geht an Heike Falkenstein, die das Cover gestaltet hat. Auch sie erwies sich als äußerst geduldig mit mir und meinen Wünschen.

Last, but certainly not least, geht mein Dank an Sie, liebe Leserinnen und Leser:

Vielen Dank, dass Sie mein Buch gelesen haben. Ich hoffe, es hat Ihnen gefallen – möglichst sogar so gut, dass Sie vielleicht auch noch ein weiteres Buch von mir lesen möchten.

Nicht alle meine Kurzgeschichten beschäftigen sich mit dem Tod und manche haben sogar ein Happy End. Davon zeugen etliche Bücher, die ich vor diesem herausgebracht habe.

Wenn Sie sich dafür interessieren und über meine Neuerscheinungen, Lesungen, Hintergrundrecherchen etc. auf dem Laufenden sein möchten, können Sie mir auf diesen Seiten folgen:

www.facebook.com/brigitte.vanhattem
www.instagram.com/brigittevanhattem
www.buchdeals.de/autor/brigittevanhattem

Sie können sich jedoch auch für meinen kostenlosen „Newsletter mit Goodies" eintragen lassen. Schreiben Sie dazu einfach eine formlose E-Mail an newsletter@vanhattem.de und Sie erhalten dann etwa alle zwei Monate die neuesten Informationen mit Lesungs- und Vortrags-Terminen, exklusiven Leseproben und Gewinnspielen. Selbstverständlich bleibt Ihre Emailadresse bei mir und wird weder weitergegeben noch für etwas anderes verwendet.

Auf jeden Fall würde ich mich freuen, Sie bald wieder zwischen den Seiten meiner Bücher wiederzufinden.

August 2022

Brigitte van Hattem

IMPRESSUM

© Brigitte van Hattem 2021, c/o vHVerlag Kandel, Saarstr. 215 a, 76870 Kandel, www.vhverlag.de

Umschlag: Falkenstein Design Karlsruhe, Heike Falkenstein

Brigitte van Hattem ist Medizinjournalistin und lebt in der Nähe von Karlsruhe. Normalerweise schreibt sie Frauenromane und medizinische Sachbücher, beschäftigt sich aber auch mit ungewöhnlichen Diagnosen und schrägen Todesfällen.

Weitere Bücher von Brigitte van Hattem (Stand August 2022):

- Ein Versehen mit Todesfolge – Kurzgeschichten nach wahren Begebenheiten. BoD, ISBN 978-3756218783

- Verschieden! Kurzgeschichten. Tödlich. Wie das Leben sie schrieb. Kurzgeschichten aufgrund wahrer Todesfälle. BoD, ISBN 978-3756815135 (siehe auch die Leseprobe im Anhang)

- Schabrackenblues: Ein heiterer Frauenroman, mit der Frage: Gibt es ein Leben nach den Wechseljahren? BoD, ISBN 978-3-750480667

- Amors Pfeil traf eine Katze. Liebesgeschichten, ISBN: 978-3755711919

- Quito und die Galapagosinseln 2020: Ein Reisebericht mit zahlreichen Abbildungen. ISBN-13: 979-8627165837 (nur bei Amazon)

- Das Glück ist ein dämliches Grinsen – Kurzgeschichten und Miniaturen, ISBN 978-3-9820496-4-9 (nur bei Amazon)

- Lesbinas. Ein Episodenroman über lesbisches Leben 50+, BoD, ISBN 978-3756211586

- Tatsächlich ... wie Weihnachten, Liebesgeschichten zum Fest, BoD, ISBN 978-3751978651

- Schwester Leonie. Ein Arztroman, ISBN 978-1980896845 (nur bei Amazon)

- Bello wird blind. Retinadegeneration und andere Augenerkrankungen beim Hund. ISBN 978-3-9820496-0-1 (nur bei Amazon)

sowie verschiedene medizinische Sachbücher in Zusammenarbeit mit Fachärzten.

LESEPROBE AUS: VERSCHIEDEN!

Kurzgeschichten. Tödlich. Wie das Leben sie
schrieb
von Brigitte van Hattem

„Und nun schauen Sie sich diese beiden CT-Bilder
an. Schauen Sie genau hin. So etwas werden Sie
wahrscheinlich nie wieder in Ihrem Leben sehen.
Also sehen Sie es sich ganz genau an und sagen
mir, was Sie sehen!"

Francisca betrachtete sich langsam die CT-Bilder,
die den Brustkorb ihres Patienten zeigten. Sie erkannte die knöchernen Strukturen wieder, auch
die Überblähung der Lunge war deutlich zu sehen, aber ansonsten sah sie nur Flecken, mit denen sie nichts anfangen konnte.

„Einlagerungen? Infiltrate?", fragte sie den Chef-
arzt.

„Nicht schlecht für einen Anfänger", lobte Molina, „was sehen Sie noch?"

„Das Gewebe sieht irgendwie anders aus. Irgendwie dichter. Eine Fibrose?"

„Ja, daran erinnert es tatsächlich", antwortete Molina. „An eine fibrotische Gewebeveränderung
aufgrund von ...?" Molina sah Francisca aufmunternd an.

„Exposition von ... Quarz?", riet sie.

„Woran erkennen Sie normalerweise eine Quarz-staublunge?"

„Eierschalenartige Verkalkungen ...", rief sich Francisca ins Gedächtnis.

„Korrekt. Eierschalen-Hili. Sehen Sie hier Eier-schalen-Hili?"

„Nein", gab Francisca zu.

„Das ist Speckstein", behauptete Molina.

„Speckstein?", echote Francisca.

„Ja, Magnesiumsilikathydrat. Talkum. Eine Talkose ist eine anerkannte Berufskrankheit, wie Sie hoffentlich wissen." Jetzt war wieder etwas Überheblichkeit in Molinas Stimme zu hören.

„Aber dann hätte Vargas in einer Firma arbeiten müssen, die Gummi oder Leder verarbeitet. Das hat er nicht getan", protestierte Francisca.

„Nun, verehrte Kollegin", meinte Molina nun wieder sehr gönnerhaft, „das brauchte er auch nicht. Er hat das Talkum ja nicht eingeatmet."

„Nicht eingeatmet?", fragte Francisca fassungslos.

„Nein. Sehen Sie die Verknöcherungen hier und hier? Sie sind um den Lungenstiel herum und hier am Lungenrand. Sie sind nicht in den Lungen-bläschen. Er hat das Zeug nicht eingeatmet."

„Wie kommt es dann in seinen Körper?", fragte Francisca erstaunt.

„Ich habe keine Ahnung", sagte Molina. „Es ist auch nicht mehr von Interesse!"

„Warum nicht?"

„Diese Fibrose hat eine extrem schlechte Prognose. Ihr Patient stirbt, Frau Kollegin, egal woher das Magnesiumsilikathydrat stammt."

Molina machte eine Bewegung, die Francisca klar machte, dass seine Audienz zu Ende war.

Aber so schnell gab die Ärztin nicht auf.

„Kann man die Verknöcherungen nicht abtragen? Dann haben die Lungenbläschen wieder Platz und der Patient kann freier atmen!"

„Wie stellen Sie sich das vor? Brustkorb auf, Lunge raus, Hammer und Meißel angesetzt, hinterher schön abwaschen und zurück mit der Lunge in den Brustkorb?" Molina wirkte sichtlich amüsiert.

„Eine Lungentransplantation?", schlug Francisca vor. „Danach wäre es auch wichtig, zu wissen, wie Vargas an das Talkum kam, damit die neue Lunge nicht auch wieder ..."

„Vergessen Sie die Transplantation", schnarrte Molina. „Machen Sie lieber Ihre Hausaufgaben. Warum ist eine Transplantation für Ihren Patienten kontraindiziert?"

Jetzt fiel es Francisca wieder ein.

„Weil er außerdem an einer chronischen Leberzir-
rhose aufgrund einer Hepatitis C leidet", seufzte
sie.

Auszug aus der Geschichte „Speckstein" im Buch
„Verschieden! Kurzgeschichten. Tödlich. Wie das Le-
ben sie schrieb" von Brigitte van Hattem (ISBN 978-
3756815135), in der Ärztin Francisca herausfindet,
wie der Speckstein in den Körper des Patienten kam –
ein in der Medizingeschichte einzigartiger Fall aus
dem Jahr 2016.